了不起的盖茨比

Liaobuqi De Gaicibi

[美]弗朗西斯·
斯科特·菲茨杰拉德 著
振宇英语图书中心 译

北京时代华文书局

那就戴上金帽，若能让她心动；

若能跳得更高，那就为她也跳一跳，

直到她呼喊：

“情郎，戴金帽、跳得高的情郎，我必须把你要！”

——托马斯·帕克·丹维里埃

第一章

在我年纪尚轻、阅历尚浅时，父亲对我的一句忠告，使我至今难忘。

“每当你要批评别人的时候，”他对我说，“你要记住，不是世上的每个人都拥有你那么优越的条件。”

他没再多说什么，我们父子间虽向来话语不多，却心意相通，所以我能明白他的言外之意。从那之后，我养成了不妄作判断的习惯。这个习惯使得很多性情乖僻的人愿意向我畅所欲言，但我也同时受到了不少老谋深算的无聊之徒的攻击。心理异常的人往往会很容易察觉到正常人身上具备的这种脾性，并且趁机与之接近，纠缠不清。所以上大学时，有人指责我像个政客，就因为我能挖掘出一些冒失的陌生人的秘密伤心事。多数的秘密都不是我故意打听的——通常的情况是，当我根据某个迹象，无可置疑地确定有人要吐露心声时，我便装作昏昏欲睡、心有所想，或者表现出敌意横生的轻浮态度。因为年轻人倾诉的衷情，或者至少他们的表达方式往往具有剽窃性，由于明显的隐瞒反而露出破绽。不妄作判断并非很容易就能做到，它是可望而不可即的。我现在仍然心有余悸，唯恐忘记父亲那句看似瞧不起人的话，此时我的转述也很势利，但其实他想表达的意思是：基本的道德观念并非与生俱来、人人皆有。

对我的宽容这样夸赞之后，我得承认宽容也有一个限度。人的行为可能建立在坚固的岩石之上，也可能建立在潮湿的沼泽之中，然而一旦超过一定的限度，我就不在乎它建立在什么之上了。去年秋天我从东部回来的时候，我甚至希望全世界都能穿上军装，从此关注道德。我不想要放浪形骸的游览享乐，也不想用优越的目光窥探别人的内心。只有盖茨比，赋予本书书名的人，可以算作例外。他曾经象征了我所鄙夷的一切，毫不造作。假如人格是由一系列连续不断的成功姿态组成，那么他身上就有一种华贵的气派，他对于生活的前景高度敏感，如同能够测知十万八千里以外地震的精密仪器一样。这种敏感的品质和通常被美其名曰“天才气质”的敏感性毫不相干——它是一种非凡的天赋，永葆希望，是一种具有浪漫情愫的敏捷，我在其他人身上从未见到，可能以后也不会再遇到。是的——盖茨比最终是没有什么问题的；让我对他人失败的悲伤和短暂的欣喜失去兴趣的，却是盖茨比身边的那些食客，是他美梦破灭过后飘散的污秽尘埃。

我家三代以来都是这个中西部城市家业兴旺的显赫门第。卡罗维家族算得上是名门望族，据说我们家是巴克卢公爵的后裔，但事实上，是我祖父的哥哥建立了这个家族。他于1851年来到此地，南北战争时期他派人代替自己去打仗，并做起了我父亲如今经营的五金批发生意。

我未曾见过这位伯祖父，但是大家都说我长得像他，挂在父亲办公室的那幅面无表情的画像，便是证据。1915年，我毕业于纽黑文，恰好比我父亲毕业的时间晚四分之一个世纪，没过多久，我就参加了以第一次世界大战著称的“迟来的条顿民族大迁徙”。我经历过激动人心的反攻大战，回乡后反倒感觉无聊至极。中西部不再是世界热闹的中心，而更像是荒芜萧条的宇宙边缘——于是，我决定去东部学习债券生意。我认识的人全都投入到了债券生意，因此我猜这个行业再多养活一个单身汉也是毫无问题的。我的叔伯姑姨们经过商讨，最后才说：“嗯——那就——这样吧。”那架势像是在为我选择一所预科学校似的，每个人都一副既严肃又犹豫的样子。父亲同意资助我一年，经过几番耽搁，1922年春天我才到达东部，当时我想，此后，我将一直在那里生活了。

本来在城里找到居住的房子才是最合乎实际的做法，但那时天气正好暖和，而且我又是刚刚从有着宽阔茂密的草坪和宜人树木的家乡而来，于是，当办公室里的一个年轻人建议我们俩在近郊合租一处房子的时候，我感觉那真是一个绝佳的主意。他找到了一所久经风霜侵蚀的木板平房，每月八十美元租金，然而当我们准备搬进去的时候，公司把他调到了华盛顿，我只好单独一个人在郊外住了。我有一条狗，至少在它跑丢以前我养了它几天，还有一辆旧道奇汽车和一位芬兰女佣，她帮我整理床铺，做早餐，还会在电炉上一边做饭一边嘀咕着芬兰名言。

我整天孤独寂寥，直到一天早上，一个比我还初来乍到、人生地不熟的人，在路边拦住了我。

“去西半岛怎么走？”他无助地问我。

我给他指了路。继续往前走的时候，我就不再感到孤独了。我具有了向导、探路者或者早期移民的身份。他无意间让我对这个地方感到亲切自在了。

阳光灿烂，树叶转眼间就爬满了树木，葱葱郁郁，如同电影中快速推动的情节，使我心中再现了那个熟悉的信念：生活随着夏天的到来也会重新开始。

我不仅有很多书要读，而且还要从这清新适宜的空气中汲取充足的营养。我买了 10 多本与银行业、信贷和投资证券相关的书籍。我的书架上，立着一本本红色烫金封面的书，就像刚从造币厂印出的纸币一样，准备揭示只有迈达斯、摩根和米西纳斯知晓的秘密。此外，我还雄心壮志地打算读很多其他方面的书。我在大学的时候就特别喜欢文学，有一年曾给《耶鲁新闻》写过一些语言严肃而又朴实的社论。现在我准备把诸如此类的东西重新纳入我的生活，以成为无所不通的人，也就是那种面面俱到、博而不精的专家。这并不只是一个简单的警句——毕竟，仅从一个窗口看人生更为容易。

我租的这所房子恰巧处于北美最奇怪的一个村镇。这个村镇位于纽约市正东一个形状狭长而奇怪的小岛上——除了其他自然景观，还有形状异乎寻常的两个地方。距城市二十英里处，有两个巨大的鸡蛋般的半岛，中间被一条小湾分隔成两部分，外表形状一模一样，一直延伸进西半球那片最幽静的海域之中——长岛海峡那大片的水域。这两个半岛并不是完美的椭圆形，而是像哥伦布故事中的鸡蛋一样，与大陆相连接的一端是扁平状的，但是从岛上空飞过的海鸥一定会连连惊叹它们相似的外形。在没有翅膀的人类看来，一个更引人注意的现象是：这两个地方除了形状大小之外，在其他方面都迥然不同。

我居住的西半岛，相比之下是两个小岛中不够时髦的那一个，不过这只是最表面化的标签，远远不足以表明两者之间怪异而又有点邪恶的差别。我的房子位于鸡蛋的顶端，离海湾只有五十码远，夹在两座每季租金要一万二到一万五的大别墅中间。我右手边那座房子，无论用什么标准来衡量，都是一座豪宅——它的外形完全仿照诺曼底某市政厅，一座崭新的塔楼直立在边上，被一层稀稀疏疏的常春藤覆盖着，还有一个大理石材质的游泳池，以及占地四十多英亩的草坪和花园。这就是盖茨比的府邸。或者更确切地说，这是一位姓盖茨比的富人居住的宅第，因为那时我们还不认识。我自己的房子实在难看，幸好它很小，不起眼，没人会注意到，因此我才得以欣赏这一片海景和我邻居的部分草坪，并且以与百万富翁为邻而深感欣慰——而这一切每月只需交八十美元的租金就可以享受到。

优美的海湾对岸，东半岛洁白的宫殿式建筑，时髦漂亮，矗立在这水边，光彩熠熠。那个夏天的故事真正开始于我开车去对岸的汤姆·布坎南夫妇家共进晚餐的晚上。黛西是我远房表妹，而汤姆是我在大学时就认识的。战争结束后不久，我还在芝加哥和他们相处过两天。

黛西的丈夫，对很多体育运动都比较擅长，曾经是纽黑文有史以来最出色的足球防守运动员之一，在国内也算是个知名人物。这种人年仅二十一岁就在某个方面获得了如此登峰造极的成就，此后，他所做的一切，都难免有种走下坡路的感觉。他家十分富裕——他上大学时的肆意挥霍曾引来不少斥责。但现在他离开芝加哥，搬到了东部，他搬家的场面可谓让人叹为观止。比如说，他居然把森林湖的一群打马球用的马匹都运了过来。在我这个年龄段的人中竟然有人如此阔气奢侈，实在难以想象。

至于他们来东部的原因，我并不知晓。他们在法国住了一年，并没有什么特别的原因，然后就漫无目的，居无定所；他们所去的地方，不是有打马球的，就是有富翁聚集。黛西在电话里说，这次要永久地定居下来，可是我并不信——我看不透黛西的心思，但我觉得汤姆会永远飘荡下去，满怀渴望地追寻过去岁月里不可复得的、参加足球比赛时的热情和兴奋。

于是在一个暖风拂面的黄昏，我开车前往东半岛去探望这两个我所知甚少的老朋友。他们的房子出乎我意料，如此精美，那是一座颜色鲜明、红白搭配的豪宅，具有乔治王殖民时代的建筑风格，远眺着海湾。草坪从海滩延伸至别墅的前门，足有四分之一英里，跨过日晷、砖径和百花争艳的花园，到达房子前面，似乎随着这走势，它又成了青翠欲滴的常春藤，沿墙而上。房子正面是一排法国式的落地长窗，在余晖的映射下闪闪发光，午后和煦的微风轻轻吹过敞开的窗户。汤姆·布坎南身着骑装，叉着双腿，站在前门的门廊里。

他已经变得和纽黑文时期不同了。如今他三十多岁，身强体壮，头发呈稻草色，嘴角冷酷无情，举止高傲。脸上最为起眼的是他的两只炯炯有神、充满着傲慢的眼睛，总是给人一种盛气凌人的感觉。即使他身穿那女人气的华丽骑马装，也无法掩藏他那魁梧伟岸的体格——他似乎把油光发亮的皮靴撑得满满的，连鞋带也是紧绷着。他的肩膀每移动一下，都可以看到那薄薄的外衣里面抖动的肌肉。这个身躯力大无穷，这个身躯也残忍蛮横。

他的声音，是那种粗犷响亮的男高音，给人一种性情暴躁的印象。他交谈时总是夹带着长辈训斥人的轻视口吻，即使对他喜欢的人也不例外。因而在纽黑文，厌恶他的人也为数不少。

“我说，不要仅仅因为我力气比你大，比你有男子气概，就认为在这些问题上，都是我说了算。”他仿佛这么说。我们俩同属高年级一个学生联谊会，尽管我们的关系谈不上很密切，但是我觉得他是认可我的，他带着那特有的粗野和轻蔑，希望我也能对他有好感。

我们在阳光和煦的门廊上聊了几分钟。

“我这地方不错吧！”他说，眼睛不时地转来转去。

他抓着我的一只胳膊，让我转过身来，又向前伸出另一只宽大扁平的手掌，示意我看眼前的景色：一座意大利风格的下沉式花园，散发着浓烈花香的深色玫瑰花，占地半英亩之广，以及岸边的一艘平头汽艇，随着海潮起伏飘荡。

“这里以前是石油大亨得梅因的地盘。”他又把我转了回来，客气但又唐突地说：“咱们进去吧。”

我们穿过高高的走廊，进入了一间敞亮的玫瑰色大厅。两端的落地窗把客厅巧妙地嵌在当中。窗户半开着，倒映着室外绿油油的草地，晶莹光亮，显得草儿好像长到了大厅。微风穿堂而过，使得窗帘如白色旗帜般从一边飘进，又从另一边飘出，转而又被吹向装饰得犹如婚礼蛋糕似的天花板，然后轻轻拂过酒红色的地毯，留下风吹海面似的影子。

屋里唯一完全静止的东西是一套巨大的沙发，上面坐着两个年轻女子，她们就像浮在一个泊陆的大气球上。两人都身穿白色的衣服，衣裙随风轻舞，仿佛她们是刚刚乘风环绕屋子归来。我必然是站了有一会儿了，倾听窗帘飘动的沙沙声和墙上挂像发出的嘎吱声。突然砰的一声，只见汤姆·布坎南关上了后窗，屋里的余风才渐渐缓和下来，窗帘、地毯以及那两位年轻女子也缓缓地飘落到地面上。

其中年纪较轻的女子，我并不认识。她平躺在长沙发的一头，一动不动，下巴微微翘着，仿佛上面放了什么东西就要掉下来了，必须保持这样的姿势。不知她是否瞥见了我，反正她是毫无反应——其实，吃惊的倒是我自己，差点因我的到来惊扰了她而要向她开口道歉。

另外的女孩就是黛西了，她作势要起身——身体微微前倾，表情很诚恳——然后她扑哧笑了，那笑声让人难以捉摸却又迷人，我也跟着笑了，迈步走进屋里。

“我高兴得呆……呆掉了。”

她又一次笑了，仿佛她刚才说的那句话非常诙谐，接着又拉着我的手，仰着头盯着我看，表示世界上她最想见的人就是我了。那是她特有的方式。她轻声细语地告诉我那个下巴顶着东西似的保持平衡的女孩姓贝克。（我曾听说，黛西说话轻声细语只是为了让别人更靠近她，但这不相干的闲话，仍然不减她这种说话方式的迷人魅力。）

无论怎样，贝克小姐的嘴唇还是轻微动了动，不易被人察觉地向我点了点头，便急忙把头又转回去——她下巴顶着的东西明显地动了一下，把她吓了一跳。我又差一点脱口而出，向她道歉。像这种我行我素的做法总是使我既震惊又钦佩。

我转过头看着我表妹，她开始问我各种问题，声音还是一贯的低微而诱人。这种声音必须侧耳倾听，仿佛每一句话都是无法再次演奏的天籁之音。她忧郁而可爱的脸蛋上，浮现着明媚的神采，双眼明亮，小嘴明艳，但是她声音中蕴含的激动之情，使得为她倾倒的男人难以忘怀；那是低吟浅唱般的动听魅力，一句轻声细语的“听着”，暗示她刚刚做了一些欢乐有趣的事情，而且接下来还会有。

我和她说，在我来东部的途中，曾在芝加哥停留了一天，有十多个人托我替他们传达爱慕之情。

“他们很想念我吗？”她欣喜若狂地喊道。

“整座城市都很凄惨。所有汽车的左后轮都涂上了黑漆，当作哀伤的花圈，城北的湖边哀声彻夜不断。”

“太好了！汤姆，我们回去吧。明天就走。”接着她又说了一句毫不相关的话：“你应当看看我的宝贝。”

“我很想看看。”

“她睡着了。她已经三岁了。你没见过她吧？”

“从没见过。”

“嗯，那你该见见她。她——”

汤姆·布坎南在屋里坐立不安一直踱来踱去，现在才停下来，一只手搭在我肩上。

“你在做什么生意呢，尼克？”

“我在做债券生意。”

“和谁一起做？”

我告诉了他。

“我从未听说过他们。”他果断地说。

这使我有些恼怒。

“你以后会听说的，”我简短地答道，“你在东部待久了就会听说的。”

“我肯定会一直待在东部的，你放心吧。”他说着便瞄了一眼黛西，接着又看向我，仿佛他在提防着什么。“我如果住到其他的地方，那我就是天大的蠢货。”

这时贝克小姐说：“毫无疑问！”这让人出乎意料的话，使我很吃惊——这是她从我进来到现在为止说的第一句话。很明显，她自己也很惊讶，因为她打着哈欠，连续做了几个快速而灵敏的动作站了起来。

“我都坐僵了，”她抱怨道，“我都不知道我在那张沙发上躺了有多久了。”

“别看我，”黛西反驳道，“我劝了你整整一个下午，让你上纽约去。”

“我不喝，谢谢。”贝克小姐对着刚刚从食品间端来的四杯鸡尾酒说，“我可是专心锻炼呢。”

她的男主人不可思议地看着她。

“是嘛！”他举起杯子一口喝了下去，好像杯子里只剩下那最后一口似的。“我真不明白你那些事是怎么干成的。”

我看着贝克小姐，想知道她“干成”了什么事。我喜欢注视着她。她身材苗条、乳房小巧，那抬头挺胸的站姿，像个年轻的军校学员，十分挺秀。她那双灰色的眼睛，在阳光的照射下，半眯着看向我，那苍白、可爱的脸庞带着不满，却也流露出文质彬彬又充满好奇的神情。我突然想起曾经在什么地方见过她，或者她的照片。

“你住在西半岛吧！”她语气轻蔑地说，“我认识那边的一个人。”

“我谁也不认识。”

“你一定认识盖茨比吧。”

“盖茨比？”黛西忙问道，“哪个盖茨比？”

没等我回答说他是我的邻居，用人就宣布要用晚餐了。汤姆·布坎南不由分说地用他那粗壮的胳膊架着我，拖着我出了屋子，就像把一个棋子从棋盘的一格移向另一格似的。

两位年轻的女士袅袅婷婷、慵懒地把手轻轻搭在腰上走着，我们在后面跟着走进了一个玫瑰色的阳台。阳台沐浴在落日的余晖下，餐桌上点着的四支蜡烛，在逐渐停息的微风中摇曳生姿。

“为什么要点蜡烛？”黛西眉头紧锁表示反对，于是把蜡烛掐灭了。“再过两个星期，可就是一年中白昼最长的日子。”她又容光焕发地看着我们。“你们是否总在等待一年中白昼最长的一天，等它到了却又忘记了？我总是期盼这一天，到头来却还是会忘记。”

“我们应该计划做点什么。”贝克小姐边说边打哈欠，就这么坐在餐桌边，像是要上床睡觉了似的。

“好啊，”黛西说，“咱们计划干什么呢？”她转过脸，无奈地看着我说，“人们都计划干什么呢？”

我还来不及回答，她就惊恐地盯着她的小拇指。

“你们看！”她抱怨道，“我把手指弄伤了。”

我们都看过去——指关节有些青紫。

“都怪你，汤姆，”她责难地说，“就算你是无意的，但这的确就是你造成的。这就是我应得的，嫁给了这么一个粗暴的男人，高大壮实的笨拙家伙……”

“我憎恶笨拙这个词，”汤姆生气地反驳道，“哪怕开玩笑也不行。”

“笨拙。”黛西不肯罢休地说。

有时她和贝克小姐一同开口，客气地开些无关大局的玩笑，但这次绝不是喋喋不休的唠叨，如她们的白色衣裙以及不掺杂情感和欲望的眼睛一样默然平淡。她们坐在这里，应酬汤姆和我，只不过是礼貌客气而又和蔼可亲地招待我们或者被我们款待。她们知道晚饭很快就会吃完，过一会儿夜晚也将结束，轻易就可以打发掉。这和西部人的态度截然不同，西部夜晚的聚会，一场接着一场直到结束。人们会满怀期待，也会失望沮丧，同时也会对聚会的结束感到紧张和担心。

“你让我深感自己很不文明呢，黛西，”我又喝了一杯红葡萄酒，这酒混杂着软木塞子的味道，但口感是绝佳的。我坦诚地说，“你就不能谈谈庄稼或者其他什么事吗？”

我只是随口说说，没什么特殊用意，但话茬却出乎我的意料，被人接了下去。

“文明将要破碎不堪，”汤姆突然声音洪亮地说，“我最近对许多事情都抱有悲观色彩。你读过《有色帝国的兴起》吗？一个叫戈达德的人写的。”

“啊，没有。”我回答，很惊奇他说话的语气。

“我说，这本书相当不错，每个人都该读读。这本书主要是说，如果我们白种人不警惕就会——就会彻底地沦陷。书中全都是科学的理论，已经被证实了的。”

“汤姆变得越来越博学多才了。”黛西说，脸上略带忧伤。“他喜欢看一些有着深奥道理、字词冗长的书，刚才那个词是什么来着，我们——”

“我说，这些书都是具有科学依据的，”汤姆不耐烦地瞄了她一眼，坚持继续谈论下去，“这家伙把道理说得很透彻。我们作为占统治地位的白种人，如果不提高警惕，其他人种就会掌控一切。”

“我们肯定要把他们打倒。”黛西嘀咕道，对着炽热的太阳使劲地眨着眼睛。

“你们应该住到加利福尼亚——”贝克小姐开口说道，但是坐在椅子上的汤姆，重重地挪了挪身子，打断了她说的话。

“我们都是北欧日耳曼民族。我是，你是，你也是，还有——”略微犹豫了一下，他轻轻点了点头，把黛西也算入其中，黛西又对我眨了眨眼。“人类文明都是我们创造的，比如科学啦，艺术啦，以及其他种种。你们能懂吗？”

他那副聚精会神的干劲看上去有些可悲，虽然他似乎比平日更加自鸣得意，但还是不能与他的优越感相匹配。就在这时，屋里的电话丁零零地响了。男管家离开了门廊去接电话，黛西急忙抓住这个空儿，凑到我面前来。

“我要告诉你个家庭秘密，”她满腔热情地对我嚅嚅耳语，“和男管家的鼻子有关。你愿意听男管家鼻子的秘密吗？”

“这不正是我今晚来此拜访的缘由嘛。”

“你不知道吧，他可不是一直都当管家的。他以前在纽约，专门为一户人家擦银器，那人家有一套银餐具，可供二百人使用。他要从早到晚不停地擦，后来他的鼻子就受不了了——”

“后来情况变得更加糟糕。”贝克小姐插了一句。

“是的。情况变得更加糟糕，最后他只能辞了那份工作。”

有那么一阵，夕阳的余晖伴着浪漫的色彩照着她那热情洋溢的脸庞，她美妙的声音使我情不自禁地凑上前去屏息倾听。随即，五光十色的余晖渐渐淡去，每道光都依依不舍地从她身上消失，就像孩子们在黄昏到来时离开给他们带来快乐的街道一样难舍难分。

男管家走了回来，凑在汤姆的耳边呢喃着什么，汤姆听后直皱眉头，把椅子向后一推，默默无语地走进了屋里。好像因为他的离开，黛西突然变得活跃起来，她又凑过身来，声音如歌唱般欢快动听。

“和你一起吃饭我真高兴，尼克。你让我想到了一朵——一朵玫瑰花，一朵纯粹的玫瑰花。对吧？”她把脸转向贝克小姐，等着她附和，“像一朵纯粹的玫瑰花吧？”

这是无中生有。我和玫瑰花没有半分相似之处。她不过是胡乱说的，却满怀激动人心的热情，仿佛她的心就隐藏在那些匆促的、令人兴奋的话语里，迫切地想敞开心扉同你倾诉。然后，她突然把餐巾扔到桌上，说了句“对不起”就走进屋里去了。

贝克小姐和我互相交换了眼色，故意显得若无其事。我正要开口说话的时候，她机敏地坐直身子，“嘘”的一声警告我不要出声。屋里传来一阵刻意压低的、激烈的谈论声，贝克小姐无所顾忌地探身去听。低语声忽高忽低，正待人要听清楚了，就变得低沉了，接着又响亮了，然后就停止了。

“你刚才提到的盖茨比先生是我的邻居——”我开口说。

“别出声，我要听听到底怎么回事。”

“出什么事了吗？”我傻傻地问道。

“难道说你浑然不知吗？”贝克小姐说，她真的感到出乎意料，“我以为大家都知道了呢。”

“我就不知道。”

“哎——”她迟疑了一下说，“汤姆在纽约有个情人。”

“有个情人？”我茫然地重复了一遍。

贝克小姐点了点头。

“她至少该识点大体，不应该在吃饭时给他打电话。你认为呢？”

我还没理解她的意思，就听到裙子摆动的沙沙声和皮靴踏地的咯吱声，汤姆和黛西回到了餐桌。

“真没办法！”黛西强颜欢笑地大声说道。

她坐下后，看看贝克小姐，又看看我，接着说：“我在外面看了一会儿，真是好浪漫啊。草坪上有只鸟，我觉得那一定是夜莺，搭乘康拉德或者白星邮轮过来的。它一直在唱歌——”她的声音也如唱歌似的，“太浪漫了，你说呢，汤姆？”

“非常浪漫。”他说，然后愁眉苦脸地对我说，“吃完饭要是天色还够亮，我就带你看看我的马厩。”

屋里的电话突然又响了，大家都惊讶万分。黛西向汤姆摇摇头，态度坚定，于是全部话题，包括马厩的，都荡然无存了。在餐桌上最后五分钟残留的记忆中，蜡烛又平白无故地被点着了，当时我想看清餐桌上每个人，但却又想回避大家的眼光。我猜不出黛西和汤姆在想什么，但我也深表怀疑，即使是像贝克小姐那样不拘小节的人，是否能对这第五位客人刺耳的催促声完全袖手旁观。对某些人来说，这个状况也蛮有意思的——但我的本能反应是立即打电话报警。

毫无疑问，关于马的话题再没有被提及。汤姆和贝克小姐，前后相隔几英尺的暮色，徐步走回书房，那架势就像是要给逝去的人去守灵。与此同时，我装出一副兴趣浓郁、对周围发生的事情毫不知情的样子，跟着黛西穿过几个相连的走廊，走到前面的门廊里去。在昏暗的暮色中，我和她并排坐在一张柳条编织的长靠椅上。

黛西双手捧着脸庞，仿佛在感受她那可爱脸庞的轮廓，她渐渐看向那天鹅绒般的夜色。我看出她内心思绪万千，于是我问了几个关于她小女儿的问题，自认为这些可以让她平静下来。

“咱们之间还不够熟悉，尼克，”她突然说，“虽说咱们是表亲，但你没来参加我的婚礼。”

“当时我还在打仗呢，回不来。”

“是啊。”她犹豫了一下，“哎，我经历过一段非常难熬的时光，尼克，所以现在对一切事情都有些玩世不恭。”

显然，这是有隐情的。我等着听她说下去，但她没再多说什么。过了一会儿，我又吞吐着把话题转到她女儿身上。

“她现在一定会说话，又——能吃东西，什么都会了吧？”

“嗯，是的。”她漫不经心地看着我，“听着，尼克，我和你讲讲她出生时我说了什么，你乐意听吗？”

“十分愿意。”

“听完你就会明白为何我看待一切事情都是这种态度。孩子出生还不到一小时，汤姆就不知去向，上帝也不知道他去哪儿了。我从麻醉状态醒来后，有一种完全被遗弃的感觉，立刻问护士是男是女。她说是个女孩，我转过头痛哭不止。‘好吧，’我说，‘我很高兴她是个女孩。我希望将来她是个傻瓜——一个美丽的小傻瓜，这就是女孩在这个世界上最好的出路了。’”

“你看，反正我觉得一切都糟糕透了，”她接着坚定地说，“每个人都这么想——包括那些最高级的人。我就知道。我任何地方都去过了，各种景色也见过了，什么事情都做过了。”她炯炯有神的双眼轻蔑地环顾着四周，像极了汤姆，接着发出了让人战栗的讥笑。“久经世故——天啊，我可是久经世故了。”

她那迫使我集中精力倾听和相信的话音一落，我就察觉到她说的并非是实话。这让我很不舒服，仿佛整个晚上都是诡计，诱使我对她付出她想要的感情。我静静等待着，果不其然，一会儿她看着我时，她可爱的脸上带着假笑，好像她已经明确宣称，她和汤姆都是某个上流社会秘密团体的成员。

在里面那间华灯璀璨的深红色房间里，汤姆和贝克小姐各坐长沙发的一端，她给汤姆读着《星期六晚邮报》，低沉的声音，没有什么音调起伏，让人感觉很宽慰。灯光照在汤姆的皮靴上闪闪发亮，照在贝克小姐如秋叶般发黄的头发上则淡然无色；每次翻页，她胳膊上细细的肌肉轻轻颤动，灯光就在报纸上晃动。

当我们进屋时，她举起一只手示意我们不要说话。

“未完待续，”她边读边把杂志扔到桌上，“见下期。”

她抖动了一下膝盖，然后直直地站了起来。

“十点了，”她说，眼睛注视着天花板，好像那里有个时钟，“我这个乖孩子要睡觉了。”

“乔丹明天要去参加锦标赛，”黛西解释说，“就在韦斯切斯特那边。”

“啊——原来你是乔丹·贝克。”

我现在知道我为什么觉得她面熟了。在那些报道阿希维尔、温泉公园和棕榈海滩比赛的新闻中，我曾多次看到她那张美丽而傲气的脸庞。我还听说过她的一些八卦，很尖酸刻薄的那种，但具体说的是什么，我早就忘记了。

“晚安喽，”她轻柔地说，“八点把我叫醒，好吗？”

“只要你到时能起来。”

“我会的。晚安，卡洛维先生。有机会再见。”

“肯定会再见面的，”黛西确定地说，“说实话，我想当你们的媒人。常常来做客，尼克，我会出主意——撮合你们。比如说，不小心把你们关进储藏室，或者让你们俩坐船出海等——”

“晚安，”贝克小姐在楼梯上大声喊道，“我什么也没听到。”

“她是个好女孩，”隔了片刻，汤姆说，“他们不该任由她这样在全国各地乱跑。”

“谁们不该？”黛西冷冰冰地问道。

“她的家人啊。”

“她家里只有个老态龙钟的姨妈。再说了，尼克将来会照顾她，是吧，尼克？今年夏天她会常来这里过周末的。我觉得这里的家庭环境对她大有益处。”

黛西和汤姆默默无语地对视了一会儿。

“她是纽约人吗？”我匆忙问道。

“她是路易斯维尔人。我们在那里一起度过了纯真美妙的少女时代。我们那纯真美妙的——”

“刚才在阳台上，你是不是把心里话都告诉尼克了？”汤姆突然责问道。

“有吗？”她看着我，“我想不起来了，不过好像我们聊了日耳曼民族。是的，我敢肯定我们聊的就是这个话题。不知怎么的就聊到了它——”

“不要相信你听到的任何话，尼克。”汤姆劝诫我说。

我满不在乎地说我什么也没听到，过了几分钟我就起身准备回家。他们送我到门口，肩并肩地站在一片明亮的正方形形状的灯光下。我开始发动汽车时，黛西突然急迫地喊道：“等一等！”

“有个非常重要的问题，忘了问你了。听说你在西部与一个姑娘定亲了。”

“对啊，”汤姆温和地附言，“我们听说你定亲了。”

“那是流言蜚语，我这么穷。”

“但我们听说了。”黛西坚定地说，她又露出了花儿般的笑脸，让我惊奇万分。“有三个人都说过，肯定不是假的。”

我当然明白他们说的是哪回事，但我的确没有定亲。我来东部的原因之一就是有传言说我定了亲。你不能因为听到谣言就和老朋友断绝联系，而且从另外一个角度来说，我也不想迫于闲言碎语的压力而结婚。

他们这么关心我，我还是很感动的，顿时觉得他们也不是富裕得让人敬而远之了。即使这样，开车回家的途中，我除了感到困惑不已，还有点儿厌恶。我的观点是，黛西该做的是抱着孩子离开这座房子——但毫无疑问她从未如此想过。说到汤姆，他“在纽约有个情人”这种事也不足为奇，令人意想不到的是他居然会感到灰心丧气，只因为读了一本书。不知是什么促使他汲取那陈腐的思想，没准是他那强健的体格孕育的傲慢已无法满足他那飞扬跋扈的内心需求吧。

沿途所见的小旅馆和加油站门前，到处呈现着盛夏的繁荣景致，一台台崭新的红色加油机立在加油站门前的光晕里。回到我在西半岛的住处，我把车停放在车棚后，便在院子里一台弃置的割草机上坐了下来。风儿已经停歇下来，只剩下喧闹和明亮的夜晚，有鸟儿在树上不断拍打翅膀的噗噗声，也有大地的风箱使得青蛙铆足了劲不断地发出风琴般的声音。月光中，一只猫儿的侧影缓缓地移动着，我回过头望着它的时候，发现并不是只有我自己——五十英尺开外，有个人从我邻居宅院的阴影中走出，他双手插兜，抬头仰望着星如莹水的夜空。从那从容的举止和双脚稳稳地踏在草坪上的姿势可以确定他就是盖茨比先生本人，他出来可能是要确认我们头顶的天空哪部分归他所有吧。

我决定跟他打个招呼。刚才晚餐时贝克小姐提起了他，那也算是搭讪的话题了。可是我并没有开口，因为他突然的举动好像表明他不希望受到打扰——他将两只胳膊伸向了那幽暗的大海，很是古怪，即使他离我有一段距离，但我敢确定，他全身在发抖。我也禁不住望向海面，除了远处一盏小小的绿灯闪烁着微弱的光芒，那可能是码头的尽头吧，其他的什么也看不到了。等我转过头再去看盖茨比时，他已经无迹可寻了，只剩下孤单的我，独自在这不平静的夜色中。

The Great Gatsby
了不起的盖茨比

The Great Gatsby | 了不起的盖茨比

第二章

在西半岛距离纽约一半路程的地方，公路与铁路匆匆相遇，并共同行进了四分之一英里，目的是绕开一片荒地。这是一个充满垃圾的山谷——像个稀奇古怪的农场，垃圾如麦子般疯狂蔓延，长成山丘和怪异的花园。这些垃圾还会堆积成屋子、烟囱和袅袅的炊烟，经过超常的造化，堆出一个个灰头土脸的人，在尘土飞扬的空气中缓慢走动着，又逐渐化为灰烬。偶尔会有一列灰色的货车沿着隐秘的道路缓慢爬行，发出鬼叫般的刹车声，然后停下来，那些灰头土脸的人立刻提着铁铲蜂拥而上，扬起厚厚的尘土，让你看不清他们隐蔽的活动。

但在这始终笼罩着灰蒙蒙尘土的大地上空，你很快就能看到T·J·埃克尔堡大夫的眼睛。他那巨大的蓝眼睛，瞳仁就有一码高。它不是长在脸上向外看，而是从一副虚架着的偌大的黄色眼镜后面往前看。毫无疑问这是哪个浮想联翩的眼科医生做的广告，以便为他在皇后区的诊所招来更多生意。后来也许是他自己闭目长眠了，也可能是留下它们搬去其他地方了。但他留下的那双眼睛，历经风吹日晒，油漆有些脱落，光彩也有些暗淡，却仍然忧郁地凝望着这片昏暗的垃圾场。

在这个堆满垃圾的山谷边上，有条脏兮兮的小河，每当拉起河上的吊桥，让驳船通过的时候，火车都要等着过桥，火车上的乘客也只能看着这荒芜乏味的景色，足有半个小时。平常火车经过这里，至少也要停留一分钟，也正是因为这样，我才得以与汤姆·布坎南的情妇第一次见面。

他有个情妇，这是所有认识他的人都心知肚明的事。他经常带着她上一些大家喜欢的餐馆，把她留在桌旁，自己来回溜达，与熟人聊天搭讪。我倒是对她有点好奇，可并没打算见她——可我还是见到她了。一天下午，我和汤姆乘同一辆火车去纽约。火车经过垃圾场停留的时候，他突然站起来，抓着我的胳膊，不容分说地要把我拽下火车。

“我们就在这下车吧，”他直截了当地说，“我带你去见见我的女朋友。”

我猜想他中午吃饭时酒喝多了，所以强行让我陪他，都快有暴力的倾向了。他妄自尊大地认为，星期天下午我也没什么比这更好的事情去做。

在埃克尔堡大夫聚精会神的凝视下，我跟随他跨过一排又低又矮的白色铁路栅栏，沿着公路往回折了一百码。你可以一目了然地看到，除了一排坐落在荒地边缘的黄砖房子，四周空荡荡的，什么也没有，可能这就是此处的一条商业主街。这里一共有三家店铺，一家正在招租，另一家是 24 小时营业的饭店，门前是炉渣铺成的一条小路；第三家是个汽车修理店，招牌上写着：乔治 · B · 威尔逊——汽车修理——旧车买卖。我随汤姆走了进去。

车行里生意萧条，空空如也。唯一看到的就是一辆破旧福特车，上面落满了尘埃，蜷缩在阴暗的角落里。我脑海里突然闪现出一个念头，这名不符实的汽车修理店必然是个虚设，奢华浪漫的房间隐秘地藏在楼上。这个时候，老板已经站在一间办公室门口了，用一块抹布不停地擦着手。他满头金发、萎靡不振、脸无血色，长得倒还有些英俊。一看到我们，他那双浅蓝色的眼睛就闪现出一丝缥缈的希望。

“你好啊，威尔逊老兄，”汤姆边说边嬉皮笑脸地拍着他的肩膀，“生意怎么样啊？”

“还行吧，”威尔逊的回答一点儿不让人信服，“你什么时候把那辆车卖给我？”

“下周吧。我已经派人在修理它了。”

“他干得太慢了吧？”

“不是，他一点儿也不慢，”汤姆冷冰冰地说，“如果你这么认为的话，我该把它拿到别处去卖。”

“我不是那个意思，”威尔逊急忙解释说。“我只是说——”

他的话音渐渐消失，汤姆看起来很不耐烦，来回张望着修理店的周围。随后我听到楼梯上阵阵的脚步声，没一会儿，一个粗壮的妇女完全挡住了办公室门口的光线。她大概三十五六岁，稍微有点儿胖，不过她同有些女人一样体态丰满。她身着一件沾有油渍的深蓝色双绉连衣裙，脸庞长得并不算美，但一下就能感受到她充满活力，就像她全身上下的神经都在不断地高速燃烧似的。她轻轻地笑了一下，然后熟视无睹地从她丈夫身边走过，仿佛她的丈夫只是个幽灵。她去和汤姆握手，激动地盯着他。接着她舔了舔嘴唇，头也没回就低声粗鲁地吩咐她丈夫：“拿两把椅子过来呀，让人家坐下啊。”

“好的，我就去拿。”威尔逊赶紧回答，走向那间小办公室，他的身影很快就和水泥色的墙壁融合为一体了。灰白色的尘埃覆盖着他深色的外套和浅黄色的头发，也笼罩着四周的一切——除去他的妻子，她离汤姆越来越近。

“我想见你，”汤姆恳切地说，“去乘下班车走。”

“没问题。”

“我在车站底层的报刊亭等你。”

她点点头，刚从他身边走开就碰到了从办公室搬了两把椅子过来的威尔逊。

我们在路边没人看到的地方等她。再过几天就是七月四号了，有个灰头土面、瘦骨嶙峋的意大利小孩正在将“鱼雷鞭炮”沿着铁轨摆放一排。

“这地方太糟糕了，对吧！”汤姆边说边皱着眉头望着埃克尔堡大夫。

“糟透了。”

“让她离开这儿是更好的选择。”

“她丈夫同意吗？”

“威尔逊吗？他认为她是去纽约看望她妹妹。他蠢得要死，都不知道自己是死是活。”

于是我、汤姆·布坎南，还有他的情妇，三人一起去纽约——其实也不算是一起去，因为威尔逊太太很慎重地坐到了另一节车厢。汤姆做了这点儿让步，主要是怕引起乘坐这辆火车的其他东半岛人的注意。

她上车前就换了一件棕色的花布裙，火车到达纽约，汤姆扶她下车时，她那又宽又胖的臀部把裙子绷得紧紧的。她在报刊亭上买了一份《城市闲谈》和一本电影杂志，又去车站药店里买了一瓶雪花膏和一小瓶香水。上楼后，我们等在阴暗、充满回音的车道边，她任由四辆空车经过，才挑中一辆浅紫色、有灰色座套的新车。我们乘坐这辆车驶出宏大的车站，驶入绚烂的阳光中。但她立马把头从车窗边转过来，身体前倾，敲了敲前面的玻璃。

“我想买只那样的小狗。”她热切地说，“把它养在公寓里。那多好呀——养只狗。”

我们的车子向后退，停在了一个满头白发的老头面前，可笑的是，他长得很像约翰·D·洛克菲勒。十几条刚出生的小狗，蜷缩地挂在老头脖子上的篮子里，分不清是什么品种。

老头刚走到车窗前，威尔逊太太就急切地问：“这些狗是什么品种？”

“什么品种都有。您想要哪一种，太太？”

“我想要条警犬。我看你没有这种吧？”

老头不确定地向篮子里看看，把手伸进篮子里捏着小狗的颈背拎了一只，小狗身子直扭。

“这只又不是警犬。”汤姆说。

“对。它确实不是警犬，”老头说，声音中蕴含着失望，“多半是只艾尔谷犬。”他摸着狗背上像棕色浴巾似的皮毛说。“看看这皮毛，多好的皮毛呀，这只狗肯定不会伤风感冒、让你心烦的。”

“这狗真可爱。”威尔逊太太兴致勃勃地说，“多少钱？”

“这只狗吗？”老头怜爱地看着它，“这只狗得十美元。”

这只艾尔谷犬——毋庸置疑它是有那么点儿像艾尔谷犬的地方，不过它的爪子惊人的白——就这么成交了，它听话地卧在威尔逊太太的膝盖上。她兴高采烈地爱抚着那耐风耐雨的皮毛。

“它是雌的还是雄的？”她柔声问道。

“那只吗？是雄的。”

“它是个婊子，”汤姆果断地说，“拿着钱。够你再去买十只。”

我们坐的车开进了第五大道，在这个夏日的星期天下午，天气是那么的温暖柔和，有点儿田园气息。哪怕在街角拐弯处看到一大群白色的绵羊，我也毫不吃惊。

“停一下车。”我说，“我要在这儿下车，和你们分开了。”

“别下，你不能走，”汤姆赶紧插话说，“如果你不去我们的公寓，梅特尔会伤心的。是吧，梅特尔？”

“去吧，”她劝说我，“我会打电话把我妹妹凯瑟琳叫来，好多很有眼光的人，都夸她长得漂亮呢。”

“嗯，我也想去，不过——”

车继续前进，又掉头经过中央公园，径直驶向城西一百多号街的方向。出租车停在了一百五十八号大街旁的一幢像白色蛋糕似的公寓前。威尔逊太太环视了四周，一副皇后回宫的架势，抱着她的小狗和其他买来的东西，趾高气扬地走了进去。

“我会请麦基夫妇到楼上去，”乘电梯上楼时，她宣布道，“当然，我还会打电话让我妹妹来。”

他们的公寓在最高层——有一间小客厅、小餐厅、小卧室和一间浴室。客厅里摆着一套很大的织锦装饰的家具，十分拥挤，因此走动时很容易撞到一幅在凡尔赛宫荡秋千的仕女图。墙上只挂着一张装饰画，尺寸很大，猛地一看，是一只老母鸡坐在一块模糊不清的石头上。但从远处看的话，母鸡变为一顶女帽，一位矮胖的老太太笑容可掬地俯视着屋子。桌子上摆着几本往期的《城市闲谈》、一本《名叫彼得的西蒙》和几本关于百老汇的八卦杂志。威尔逊太太最关心的是那只狗。负责开电梯的男孩不情愿地弄来了一个垫满稻草的纸箱子和一些牛奶，他还带来了一盒又大又硬的狗饼干——有一块放在牛奶里，泡了整个下午，都泡烂了。期间，汤姆从一个上锁的柜子里拿出了一瓶威士忌。

我有生以来只醉过两次，那天下午就是第二次，所以对于那天发生的一切，我都记忆模糊；即使晚上八点过后，灿烂的阳光依旧洒满屋子。威尔逊太太坐在汤姆的大腿上，给好几个人都打了电话。然后烟抽完了，我就去街角的药店去买。等我回到公寓，不见他们俩。于是我很识趣地坐在客厅，读了《名叫彼得的西蒙》里的一章——不是因为书写得太糟糕，就是因为我喝多了威士忌，头脑发晕，所以我一点儿都看不进去。

汤姆和梅特尔（喝过第一杯酒后，我和威尔逊太太就都直呼姓名了）重新出现的时候，客人们也接二连三地到公寓门口了。

她妹妹凯瑟琳大约三十岁，身材苗条，长相俗气，一头又硬又油的红色短发，脸上搽的粉像牛奶那么白。她的眉毛是拔掉后重画的，勾勒出的角度还显得俏皮一些，但她自身的眉毛却沿着原来的方向生长，使得她的脸模糊不清。她走路时总是发出叮叮当当的响声，那是因为她手腕上戴着的数不清的陶瓷手镯在不停晃动。她匆忙走了进来，以主人的姿态环顾了家里的家具，就像这是她的家。我不禁怀疑她就住在这里。可等我问她时，她却放声大笑，高声地重复了我的问题，接着告诉我，她和一个女性朋友住在旅馆里。

麦基先生脸色苍白，有点儿娘娘腔，就住在楼下。很明显他刚刚刮过胡子，因为他脸颊上还残留一点肥皂沫。他恭敬地同屋里每一个人打招呼。他和我说他是“吃艺术饭的”，后来我得知他是摄影师，挂在墙上那幅模糊不清的放大照片，是威尔逊太太的母亲，那就是麦基先生的作品。他的妻子声音尖锐，一副无精打采的样子，长得挺漂亮，但是令人讨厌。她得意地告诉我，从他们结婚到现在，她丈夫已经为她拍过一百二十七次照片了。

威尔逊太太不知何时换了一套衣服，现在穿着一件做工精细的奶油色雪纺裙，午后会客时穿的那种，每当她在屋里走动时，衣裙就沙沙作响。受这高档衣服的影响，她的个性也发生了变化。在修车店里她的那种活力，现在变成了藐视一切的傲慢。她的笑声、姿态和言语逐渐矫揉造作起来，随着她的膨胀，客厅显得越发狭小，最后，她似乎在烟雾朦胧的空气中，坐在一个木轴上，吱吱呀呀地吵着转个不停。

“亲爱的，”她装腔作势地大声和她妹妹说，“这年头很多人无时无刻都想骗你。他们只想着钱。上周我请了一个女人来给我看脚，看了她开的账单，你一准儿以为她给我做了阑尾切割手术呢。”

“那女人叫什么名字？”麦基太太问。

“埃伯哈特太太。她专门到人家中替人看脚。”

“我喜欢你的裙子，”麦基太太说，“我觉得非常漂亮。”

威尔逊太太扬了扬眉毛，不以为然地拒绝了她的恭维。

“这只是一件过时的破衣服，”她说，“我只是随便穿穿，不在乎什么形象。”

“可它穿在你身上显得特别漂亮，你明白我的意思吗？”麦基太太紧接着说，“要是切斯特能把你现在的样子拍下来，我想那一定会是一幅杰作。”

大家默默地看着威尔逊太太，她撩开眼前的一缕头发，笑逐颜开地看着我们。麦基先生歪着头，专心致志地盯着她，然后伸出一只手在自己面前慢慢来回比画着。

“我需要改换光线，”过了片刻，他说道，“我想呈现出面貌的立体感。我会试着把后面的头发也拍进去。”

“我觉得不需要改换光线，”麦基太太说，“我认为——”

她丈夫“嘘”了一声，大家又把注意力集中到拍摄对象身上，这时汤姆·布坎南大声地打着哈欠，站了起来。

“麦基夫妇，你们俩喝点什么吧，”他说，“梅特尔，再去弄点冰和矿泉水，否则大家要睡着了。”

“我早就让那小子送冰块了。”梅特尔扬起眉毛，对下等人的慵懒无能表示失望，“这些人，你必须一直盯着他们才行。”

她看了看我，突然莫名其妙地笑了。接着又一蹦一跳地跑到小狗面前，兴高采烈地亲了它一会儿。最后大模大样地走进厨房，那气势就像有十几个大厨师等候她的指示呢。

“我在长岛那边拍过几张好照片。”麦基先生肯定地说。

汤姆迷茫地看着他。

“有两幅我们已经装框挂在楼下家里了。”

“两幅什么？”汤姆问。

“两幅习作。其中一幅我起名为《蒙塔海角——海鸥》，另一幅起名为《蒙塔海角——海洋》。”

凯瑟琳在沙发上挨着我坐下。

“你也在长岛那边住吗？”她问我。

“我住在西半岛。”

“是吗？大概一个月前，我去那儿参加过一次聚会。

在一个名叫盖茨比的人家里。你认识他吗？”

“我住在他家隔壁。”

“哦，人们说他是德国威廉皇帝的侄儿或者是表弟什么的，他的钱都是这样来的。”

“真的吗？”

她点点头。

“我很惧怕他。可不想落在他手里什么把柄。”

这段关于我邻居的有趣情报被麦基太太打断了，她忽然指着凯瑟琳：

“切斯特，我认为你可以替她拍些照片。”她不假思索地说，麦基先生只是厌烦地点点头，然后把注意力又集中在汤姆身上。

“我希望在长岛开展更多的业务，可是还找不到门道。我唯一的要求就是有人给我引荐一下。”

“找梅特尔啊。”汤姆忍不住哈哈一笑，对着正端着托盘进来的威尔逊太太说，“她可以给你写封推荐信，是吧，梅特尔？”

“做什么啊？”她诧异地问。

“你写信把麦基介绍给你丈夫，这样麦基就能替你丈夫拍些写真了。”他嘴唇动了动，没有出声，接着又胡扯道：

“诸如《乔治·B·威尔逊在加油泵前》这类型的。”

凯瑟琳凑近我，和我耳语道：“他们双方都无法忍受自己家的那位。”

“是吗？”

“无法忍受他们。”她看向梅特尔，又看向汤姆。“我是指，他们既然受不了，何必勉强生活在一起呢？我要是他们，就先离婚，然后立马跟彼此结婚。”

“她也不喜欢威尔逊吗？”

这个问题的回答出乎我的意料。是梅特尔回答的，因为她碰巧听到了这个问题，她回答时满嘴脏话，粗暴不堪。

“看到了吧，”凯瑟琳得意地大声说，接着又压低嗓门，“他们不能结婚就是因为他老婆。她是天主教徒，不允许离婚的。”

黛西根本不是什么天主教教徒，这个苦心经营的谎言让我震惊不已。

“等哪天他们真的结了婚，”凯瑟琳继续说，“他们会先去西部避避风头，等风波平息了再回来。”

“去欧洲更妥帖吧。”

“啊，你喜欢欧洲吗？”她惊叫了一声，“我就是刚从蒙特卡洛回来。”

“是吗？”

“也就是去年，我和另外一个姑娘一块去的。”

“待的时间长吗？”

“不长，我们到了蒙特卡洛就回来了。我们是经由马赛去的。出发的时候，我们带了一千二百多美元，就在赌场的包间待了两天，钱就全被骗光了。老实和你说，回来的路上我们可没少吃苦。天哪，我恨死那破地方了！”

向窗外望去，黄昏的天空在夕阳的温柔照耀下，如同地中海一样分外蔚蓝。麦基太太刺耳的声音，把我的思绪唤回到屋里。

“我也差点儿犯了错误，”她激动地大声说，“我差点儿就嫁给了一个追了我好几年的犹太小子。我知道他配不上我。大伙都和我说：‘露西尔，那人比你差远啦！’但如果我没遇到切斯特，他一准把我追到手了。”

“是啊，但你听我说，”梅特尔·威尔逊一面说，一面不停地摇头晃脑，“至少你没有嫁给他。”

“我知道。”

“可我嫁给他了，”梅特尔含糊地说，“这就是你我情况的不同之处。”

“你为什么嫁给他了呢，梅特尔？”凯瑟琳责问道，“谁也没有强迫你。”

梅特尔沉思了一会儿。

“我嫁给他，是因为我当初觉得他是个绅士，”她最后说，“我认为他有点儿教养，谁知道他连给我舔鞋子都不配。”

“你曾经也爱他爱得发疯过。”凯瑟琳说。

“爱他爱得发疯！”梅特尔难以相信地喊道，“谁说我爱他爱得发疯？说我爱他还不如说我爱这个人多一点呢。”

她突然指向我，大家都用责怪的眼神看着我。我尽力做出没有指望有人疼爱我的表情。

“我做的唯一一次发疯的事情就是和他结婚。很快我就知道我犯了个错误。他结婚穿的西装是和别人借的，但他却从没和我说起过。后来有一天他不在家，人家来要衣服。‘哦。这衣服是你的吗？’我说，‘我以前还不知道呢，第一次听说。’但我把衣服还给了人家，然后躺在床上，悲痛欲绝地哭了整整一个下午。”

“她的确应该离开他，”凯瑟琳又继续和我说，“他们在修车店楼顶上住了十一年了。汤姆是她的第一个情人呢。”

大家不停地喝着那瓶威士忌——已经是第二瓶了，除了凯瑟琳，她“不喝酒也觉得兴奋”。汤姆按门铃叫来看门的，让他去买些有名的三明治来当晚餐。我想去外面，在柔和的暮色中，朝着公园的方向向东走，但每当我要起身告辞，就又卷入一场激烈刺耳的吵闹中，就像是有绳子把我拉回到椅子上。我们亮着灯的一排黄色窗户，高悬在城市的上空，肯定会给在昏暗街道上偶尔抬头仰望的路人增加一些人生的神秘感，同时我自己也是这样的一位路人，一边抬头仰望，一边若有所思。我既身在其中也身在其外，对人生的无穷变幻，既感到痴迷又感到厌烦。

梅特尔把自己的椅子拉到我旁边坐下，我能感受到她呼出的暖暖的气息，她突然要对我讲述她和汤姆首次相遇的情景。

“在火车最后剩下的两个小座位上，我和他面对面坐着。那天我准备去纽约看望我妹妹，还打算住上一夜。他穿着礼服和皮鞋，我情不自禁总想看他，但他一看我，我就假装在看他头顶上方的广告。下车后他紧紧挨着我走，他那穿着雪白衬衫的前胸贴着我的手臂，于是我扬言要喊警察来，可他看出来我只是骗他而已。我精神恍惚地跟他上了一辆出租车，本以为是上了地铁呢。我脑袋里不断地重复着一句话：‘人生苦短，人生苦短。’”

她扭过头看着麦基太太，屋里满是她那做作的笑声。

“亲爱的，”她高喊道，“我这件衣服等会儿脱了就送给你。明天我打算新买一件。我准备把一切要做的事情列个单子记下来。去按摩、烫个头发、给小狗买个项圈，还要买个带弹簧的、小巧精致的烟灰缸，再给妈妈的墓碑前买个打黑丝结的花环，可以摆上一个夏天。我必须把这些事情记下来，省的忘记那些要办的事。”

此时已经九点钟了——等我再看表时，就十点了。麦基先生坐在椅子上睡着了，他紧攥的拳头放在腿上，就像一张实干家的照片。我拿出手帕，擦掉了他脸上残留的干肥皂沫，一下午我看着都不舒服。

小狗趴在餐桌上，双眼迷茫地在烟雾缭绕的空气中环顾着，不时地轻轻叫两声。大家一会儿消失了，一会儿又出现了，讨论着去别的地方，突然又找不到对方，来回找，最终发现对方就在自己身边。临近午夜，汤姆·布坎南和威尔逊太太面对面地站着，争论威尔逊太太有无权利说黛西的名字。

“黛西！黛西！黛西！”威尔逊太太大声喊道，“我愿意什么时候喊就什么时候喊！黛西！黛——”

汤姆·布坎南行动敏捷，伸手就打得威尔逊太太鼻血直流。

接着，浴室的地板上出现许多带血的毛巾，屋里回荡着女人们的责骂声，在这片混乱中还夹杂着时断时续的哀叫声。麦基先生被吵醒了，迷迷糊糊地走向门口。走到半路，又扭过头，呆呆地望着眼前的情景——他的妻子和凯瑟琳一边痛骂一边安慰，在拥挤不堪的家具间来回穿梭着寻找急救医药，还有个绝望落魄的人躺在沙发上，她止不住地流血，还不忘把《城市闲谈》铺在绘有凡尔赛图案的织锦毯上。麦基先生随即转身继续向门外走。我把挂在灯架上的帽子取下来，然后跟着麦基先生走了出去。

“改天一起吃个午饭吧。”电梯吱呀吱呀地下降时，他提议。

“去哪儿吃？”

“哪儿都行。”

“别碰电梯的控制杆。”电梯工突然冒出一句话。

“很抱歉，”麦基先生很有尊严地说，“我没察觉自己碰到了它。”

“好的，”我表示赞同，“我十分乐意去。”

……我在麦基先生的床边站着，而他坐在床上，盖着被子，穿着内衣，手里捧着一本大相册。

“《美女与野兽》……《孤单寂寞》……《拉货的

马》……《布鲁克林大桥》……”

之后我在宾夕法尼亚车站阴冷的地下候车室半睡半醒地躺着，直勾勾地盯着早晨刚出的《论坛报》，等待清晨四点的那趟火车。

第三章

整个夏夜，我都能听到从邻居家传来的音乐声。在他蓝色的花园里，男男女女如同飞蛾般，穿梭于喃喃细语、香槟美酒和烂漫星光的氛围间。下午涨潮时，我看到他的客人们有的从木筏的跳台上跳水，有的躺在他的私人沙滩上晒日光浴，同时他的两艘小汽艇拖着滑水板乘风破浪，激起层层白浪，奋然前行。一到周末，他的劳斯莱斯就成了公共汽车，从早晨九点开始，接送一批批城里来的客人，直到深更半夜还在往来穿梭。他的旅行轿车也如同灵敏的黄色甲壳虫似的，去接所有到站的火车上的客人。每到星期一，八个用人，其中包括一个临时园丁，需要用拖把、板刷、榔头和园艺剪收拾前一晚聚会留下的凌乱局面，辛苦整整一天。

每逢星期五，纽约的一家水果店就会送来五箱橙子和柠檬。每星期一，这些经过切割和榨汁的橙子和柠檬果皮，就会堆成小小的金字塔，从后门运出去。盖茨比家的厨房中有一台榨汁机，男管家只需用大拇指按小按钮二百次，两百个橙子在半小时之内就榨完了。

至少每两周，就会有大批从城里赶来的包办宴席的人，他们带着几百英尺长的帆布和足够多的彩灯，把盖茨比家偌大的花园装饰得如同圣诞树一样。自助餐桌上，各种冷盘应有尽有，五香火腿旁用各色的色拉装点着，还有烤得金黄的乳猪和火鸡。大厅里，还有用实实在在的铜杆搭成的酒吧，摆着各种杜松子酒和烈性酒，以及十分罕见的甘露酒，因为大部分女宾客都年纪轻轻的，所以她们压根分不清这些酒的名字。

晚上七点前，管弦乐队就已经到了，这可不是简单的五人小乐队，而是配备完善的大型乐队，双簧管、长号、萨克斯管、大小提琴、短号、短笛、高低音铜鼓，样样都有。最后一批游泳的宾客们已经从海滩上回来了，正在楼上更换衣服。来自纽约的轿车停在车道上，五辆一排。走廊、客厅和阳台被装扮得五颜六色，女宾客的发型争奇斗艳，连卡斯蒂尔人做梦也想不到她们披的纱巾是什么样子。酒吧里人声鼎沸，一杯杯的鸡尾酒在外边花园里传递着，散发着酒香，到最后所有的气氛都沸腾起来，处处都是欢声笑语、随意的暗讽、转瞬即忘的介绍，以及素未谋面的女人间热情洋溢的攀谈。

随着大地蹒跚地远离太阳的照射，灯光显得愈发明亮，这时乐队演奏起黄色鸡尾酒音乐，来宾们的声音，如同集体大合唱般，也提高了一个音调。大家越来越容易发出欢笑声，情绪毫无保留地流露着，随便一句玩笑话，就会激发大家的笑点。人群的组合变化越来越快，不时伴随着刚加入的客人而扩大，不时散开又重新组合。有些人已经开始来回游走了，某些胆大自信的年轻女孩儿得心应手地穿行于几个固定的人群中，她们忽而成为短暂快乐的主角，忽而又神采飞扬地穿梭于不时变换的面孔、声音和灯光间。

突然，从这些吉普赛人似的姑娘中，跳出一位浑身珠光宝气的少女，她随手抓起一杯鸡尾酒一饮而尽，壮了壮胆，接着就像弗里斯科似的挥舞着手，独自在帆布舞池中跳起舞来。人群顿时安静了，乐队指挥殷切地为她更换了曲子的节奏，接着大家便喋喋不休地互相八卦起来，因为有人谣传她是齐格菲歌舞团中吉尔达·格雷的替身。宴会正式开始了。

我相信第一次去盖茨比家的那天晚上，我是少数几个确实受到邀请的客人之一。大家都不是受邀来参加宴会的——而是自己想来的。他们坐上去长岛的汽车，不知怎么的最后就到了盖茨比家门口。到了这儿，怎么也有认识盖茨比的人，随便介绍一下，随后他们的举止行为就会和在娱乐场所似的。有时他们自始至终都见不到盖茨比本人，他们真心实意地来参加聚会，这就是他们的入场券了。

我的确是接到了邀请。那个星期六清晨，一位穿着知更鸟蛋般蓝绿色制服的司机穿过我的草坪，替他的主人送来了一封出人意料的言辞正式的请柬，上面写着：承蒙光临今晚举行的“小型聚会”，盖茨比将不胜荣幸。还说他见过我几次，本来打算登门拜访，但由于种种特殊原因，难偿所愿。最后签名是杰伊·盖茨比，笔迹庄严。

一过七点，我就穿着一套白色法兰绒衣服，走到草地上，在素不相识的人群中拘束地转来转去——尽管时不时我也会看到上下班火车上见过的脸孔。我很快发觉，人群中夹杂着不少年轻的英国人，他们穿戴讲究，面带饥色，轻声而诚恳地与富有的美国人交谈。我敢确定他们在推销什么东西，债券、保险，再不就是汽车。他们至少苦恼地意识到，眼前就是捞钱的好机会。他们确信，只要自己几句话说得恰当，说到点儿上，大把大把的钱就到手了。

一到那里，我就想找到宴会的主人，但问了两三个人后，他们都诧异地看着我，众口一词地说不晓得主人的踪迹。因此我只好悄悄走向摆放鸡尾酒的桌子——这么大的花园，单身的男人也就只有在这里，才不显得游手好闲和孑然一身。

我为了不使自己太尴尬，正打算喝个酩酊烂醉，就看到乔丹·贝克从屋里走出来，站在大理石台阶的最高层，身体微微后倾，用轻蔑的神情俯视着花园。

无论人家是否欢迎，我都应该给自己找个伴，否则我又得和过往的陌生人寒暄了。

“哈喽！”我高喊一声，向她走去。我的声音似乎在花园里回响得很不自然。

“我猜想你可能会在这里，”我走到她面前时，她漫不经心地说，“我记得你住在隔壁……”

她面无表情地同我握握手，表示过会儿再来搭理我，然后去听站在台阶下的两个姑娘谈话，她们俩穿着一模一样的黄色裙子。

“哈喽！”她们一起喊道，“可惜你没赢啊。”

她们是指高尔夫球比赛。她在上周的决赛中输了。

“你不认识我们，”其中一个姑娘说，“但我们上个月在这儿看到过你。”

“你们后来染过头发了吧。”乔丹说，我很吃惊，可那两个女孩已经悠悠地走了，所以她这句话是对冉冉升起的月亮说的，月亮就如同晚餐一样，无疑也是包办酒席的人专门从篮子里取出来的。乔丹用她那纤细的金黄色胳膊挽着我，一同走下台阶，漫步在花园里。一托盘鸡尾酒在苍茫的暮色中飘到我们面前，我们找了张桌子坐下，同桌的是刚才穿黄色衣裙的两个姑娘，还有三个男的，向我们介绍自己时，每个人的名字都含糊地略过了。

“你经常来这儿参加聚会吗？”乔丹问她旁边的那位姑娘。

“上次来就是碰到你的那次，”姑娘答道，声音显得既机灵又自信。她又扭头问她的同伴：“你也是吧，露西尔？”

露西尔同样如此。

“我喜欢来这儿，”露西尔说，“我向来不在乎做什么，所以总能玩得高兴。上次来这儿的时候，我的礼服被椅子刮破了，他问了我的名字和地址——不出一周，我就收到了从克罗里公司快递来的包裹，里面是一件崭新的晚礼服。”

“那你收了吗？”乔丹问。

“那当然。我本打算今晚穿着它呢，但是胸口有些大，我得改改才能穿。淡蓝色的衣服上镶着淡紫色的珠子。二百六十五美元呢。”

“能做出这样事的人真有意思，”另一个姑娘热忱地说，“他谁都不愿意得罪。”

“谁不愿意？”我问道。

“盖茨比啊。有人和我说……”

两个姑娘和乔丹神秘地凑到一起。

“有人和我说，人家认为他以前杀过一个人。”

大家都有点毛骨悚然，那三位不知名的先生也往前凑，急切地想听个究竟。

“我觉得不是那么回事吧，”露西尔怀疑地说，“他更可能是战争期间的德国间谍。”

有一位先生点头表示赞同。

“有个对他知根知底的人这么跟我说的，他们一起在德国长大。”他十分确信地和我们说。

“噢，不对，”第一个姑娘又说，“绝对不是那样，因为大战期间，他还在美国军队服役呢。”我们转而又信了她说的话，她便又兴趣盎然地凑前说：“趁他没有注意到有人看他时，瞧上他一眼。我敢打赌他杀过人。”

她眯着眼睛，哆嗦了起来。露西尔也一起打哆嗦。我们都转过身去，张望着寻找盖茨比。尽管有人觉得世界上没有什么事情不可以坦率直言，无所避讳，但谈到他时却还这样窃窃私语，这足以证明笼罩在他身上的神秘色彩引起了人们无限的浪漫遐想。

第一顿晚餐——午夜后会有第二顿——此时开始了，乔丹邀我和她的朋友们坐到一块儿，那些人围坐在花园另一边的桌旁。有三对夫妇，以及和乔丹一块儿来的一个男伴，他是个固执的大学生，说话一点儿也不直截了当，总是拐弯抹角，还明显认为乔丹迟早都会委身于他。这帮人不随处走动，齐刷刷地正襟危坐，俨然自认为是庄重的乡绅贵族代表——东半岛人屈尊光顾西半岛人，并且小心谨慎地抵制着这里花天酒地的娱乐氛围。

呆坐着白白地浪费了半个小时后，乔丹压低声音说：“咱们走吧，坐在这儿太拘谨了。”

我们站起身，她向其他人解释说我们要去找主人。她说我没见过主人，这让我感到心神不安。那个大学生点了点头，不在意的表情中夹杂着些许郁闷。

我们先走到吧台边，那里人挤得满满的，四处张望，也没有看到盖茨比。乔丹站在台阶上往下瞧，没找到他，阳台上也不见他的身影。我们怀着侥幸的心理，推开一扇很气派的门，走进了一间高耸的哥特式书房，周围镶着英国雕花橡木，很可能是从国外某个遗址原原本本搬运来的。

有个戴着一副大大的猫头鹰式眼镜的中年男人，矮矮胖胖的，醉醺醺地坐在一个大桌子边缘，眼神迷离地盯着书架上一排排的书。一听到我们走进去，他就激动地转过身来，把乔丹从头到脚端详了一番。

“你觉得怎么样？”他冒昧地问。

“什么怎么样？”

他手一摆，指向书架。

“那些书怎么样。其实你也没必要再去看了，我已经细心核查过了，全是货真价实的。”

“这些书吗？”

他点点头。

“绝对是真的——有页码有字，什么也不缺。我原来以为只是漂亮耐用的空书壳子。实际上，它们居然是真的，一页页的——这里！我拿给你们看。”

他理所当然地以为我们不相信他说的话，匆忙到书架前取了一本《斯托达德演说集》的第一卷。

“看！”他洋洋得意地嚷着，“这是名副其实的印刷品啊。它让我发懵了。这家伙简直就是贝拉斯科。这是巨大的成功。这么精益求精！这么惟妙惟肖！而且恰如其分——没有裁开纸页。你还想怎么样？你还能希望怎么样？”

他一下把我手里的书抢走了，急匆匆地放回原处，嘴里念叨着就算动了一砖一瓦，图书馆都有可能倒塌。

“谁带着你们来的？”他问道，“还是你们不请自到的？我是有人带来的。大多数客人都是被带来的。”

乔丹机灵而愉快地看着他，并没有接话。

“带我来的是一位名叫罗斯福的太太，”他接着说，“克劳德·罗斯福太太。你们认识她吗？昨晚我也忘了在哪儿遇到她的。我都醉了个把星期了，我想在图书馆里坐坐可能会清醒一些。”

“清醒了吗？”

“清醒了一点儿，我觉得。我也不确定。我一个小时前才来这儿的。我跟你们说过这些书吗？它们全是真的。它们……”

“你刚才说过了。”

我们严肃地同他握了握手，然后回到外面了。

这时，人们在花园里帆布铺开的舞池上跳舞了。有上了年纪的男人搂着妙龄姑娘倒退着，不停地转着圈，动作不是很优雅；有些高傲的男女迈着时髦的舞步，委婉地相拥守在舞池的一角。还有不少单身姑娘，不是在独自起舞，就是在帮管弦乐队弹一会儿班卓琴或打一会儿乐器。午夜时分，大家更有兴致了。一位著名的男高音献上了一首意大利歌曲，还有一位声名狼藉的女低音唱了爵士乐曲，穿插在两个节目间的是，有人在花园里到处表演自己的“绝活”，一阵阵欢快而空洞的笑声在夏夜的天空不断回响。台上有对双胞胎——就是那两个穿黄裙子的姑娘——换上服装表演了一场儿童剧。一杯杯的香槟端了出来，盛香槟的杯子比洗手的碗还要大。月亮升得更高了，天秤座的三颗银色的星星挂在海湾的上空，伴随着草坪上班卓琴铿锵的琴音轻轻舞动。

我依旧和乔丹·贝克在一块儿。和我们同坐一张桌子的是一位年纪与我相仿的男士和一个吵闹的小姑娘，她动不动就捧腹大笑。我现在也玩得挺开心了。两大杯香槟下肚后，眼前的景色变得耐人寻味、自然纯朴而又高深莫测。

娱乐节目中场休息的时候，同桌的男士对着我微笑。

“你看起来很面熟，”他礼貌地说，“战争期间，你是不是在第三师？”

“是呀。我在步兵二十八连。”

“一九一八年六月以前，我在七连。我就觉得在哪里见过你。”

我们聊了会儿法国一些灰暗多雨的小村庄，很明显他就住在附近，因为他说他刚买了一架水上飞机，明早准备试飞一下。

“乐意和我一起去吗，老兄？就沿着海湾的岸边转转。”

“什么时候？”

“你什么时候方便，就什么时候去。”

我都准备问他的名字了，这时乔丹回头对我笑了笑。

“现在玩得开心了吧？”她问。

“好多了。”我扭头对我的新朋友说，“对我来说，这个聚会有些特别。目前为止我还没见过主人呢，我就住在那里……”我伸手指着远处夜色中的篱笆。“这位盖茨比先生派他的司机送去的请柬。”

他盯着我看了好一会儿，好像不太理解我说的话。

“我就是盖茨比。”他突然说。

“什么！”我惊叫道，“真是很抱歉，失礼了。”

“我原以为你认识我呢，老兄。恐怕是我这个主人做得不够好。”

他会意地一笑——还不只会意。那种笑容十分罕见，有着让你无比安心和自在的感觉，一辈子也就能碰上四五次。这个微笑照亮了——或者说似乎照亮了——整个无穷的世界，然后带着无法抗拒的偏爱，全部倾注在你身上。它对你的了解、信任以及你留给别人的印象，都正如你所希望的那样恰如其分。此时，退去笑容再看他，他只是一个风度翩翩的年轻男人，三十一二岁，言语太过优雅拘谨，都有点滑稽了。他在自我介绍之前，我强烈地感觉到他在谨小慎微地字雕句镂。

盖茨比先生刚说出他的身份，一个男管家就匆忙跑来，告诉他有从芝加哥打来的长途电话。他向我们三个都微微

有一次，我们梦见大家都是不相识的。

我们醒了，却知道我们原是相亲相爱的。

我的心把她的波浪在世界的海岸上冲激着，以热泪在上边写着她的题记：“我爱你。”

欠身告辞。

“你有什么需要尽管开口，老兄，”他叮嘱道，“很抱歉，我过会儿再来奉陪。”

他刚刚离开，我就立马转向乔丹——急不可耐地向她转达我的惊异。我之前认为盖茨比先生是个红光满面、肥头大耳的中年人。

“他是谁？”我急切地问，“你可知道？”

“就是一个叫盖茨比的人呗。”

“我的意思是他从哪里来？又是做什么的？”

“你也开始对这个问题感兴趣了，”她微弱地笑道，“我记得他说他上过牛津大学。”

我在脑海中模糊地勾勒了他的背景，但她随后说的话又打消了我的猜测。

“但我不相信。”

“为什么不信呢？”

“我也不知道，”她坚持说，“我就是不相信他在牛津大学上过学。”

她说话的语气很像刚才说“我认为他杀过一个人”的那个姑娘，从而激发了我的好奇心。不管盖茨比来自路易斯安那州的沼泽地区，还是纽约的下东城，我都会毫无疑问地接受。那是可以理解的。但年纪轻轻就神秘地出现在长岛海湾并买下一座宫殿式的豪宅，至少我这个见闻不广的乡下人是无法相信的。

“不管怎么说，他常常举行大型宴会，”乔丹开始聊起下一个话题，像大部分城里人一样不屑于追究细节，“而我喜欢大型宴会，大家可以亲热地谈心。小聚会上，人们都没有什么隐私。”

轰隆隆的大鼓声响起，乐队指挥的声音突然掩盖了花园里的嘈杂声。

“女士们，先生们，”他大声说，“应盖茨比先生的要求，我们将为各位来宾献上弗拉基米尔·托斯托夫先生的最新作品，五月份在卡耐基音乐厅演奏时引起过极大的关注。看过报纸，就知道它曾轰动一时。”他又带着愉悦而又高高在上的神情说道：“不同凡响的轰动啊！”话音刚落，大家就哄然大笑。

“这首著名的曲子，”他声音洪亮地说道，“就是弗拉基米尔·托斯托夫的《爵士音乐世界史》。”

托斯托夫先生的这个曲子到底如何，我无心认真欣赏，因为演奏刚开始，我就看到盖茨比先生独自一人站在大理石台阶上，赞许地看着花园里一群又一群的人。他脸上的皮肤黝黑而紧致，十分迷人，他那短短的头发看上去就像每天都修剪似的。我丝毫看不出他有什么阴险的地方。我妄自猜测是不是因为他滴酒不沾导致他与来客们看上去截然不同，因为随着宾客们的开怀畅饮，他却显得越发庄重。等到《爵士音乐世界史》演奏结束后，有的姑娘像哈巴狗似的，快乐地把头靠在男人的肩上，有的姑娘调皮地倾身向后晕倒在男人的怀抱里，甚至倒进人堆里，反正总有人会把她们扶住——但却没有人倒在盖茨比身上，没有法国式的短发姑娘拂拭盖茨比的肩头，更没有四重奏合唱组拉着盖茨比载歌载舞。

“抱歉打扰一下。”

盖茨比的男管家突然站在我们旁边。

“贝克小姐吗？”他说道，“打扰一下，盖茨比先生想单独和您谈谈。”

“和我谈？”她惊讶地大叫道。

“是的，小姐。”

她缓慢地站起身，向我扬了扬眉毛，表示意想不到，然后随着男管家向屋里走去。我看到她穿着晚礼服，不过她无论穿什么衣服，都像穿着运动服——她行为举止很轻快，仿佛是在空气清新的早晨在高尔夫球场学习走路似的。

我又独自一人了，这时都将近两点了。有那么一段时间，从阳台上面有着一长排窗户的房间里传来杂乱的声音，引人注目。陪同乔丹前来的那个大学生正和合唱团的两个姑娘兴趣盎然地谈论助产术，他极力请求我一起加入，但我赶紧走到屋里了。

大房间里的人挤得满满的。一位穿黄衣服的姑娘正在弹琴，站在她旁边唱歌的是一位高高的红发少妇，她是一个著名合唱团的一员。她喝了很多香槟，唱歌时不合时宜地认为一切都很悲伤——她边唱边哭。唱到停顿之处，她就哭哭啼啼地，随后再用震颤的女高音接着唱。泪水顺着她的脸颊流淌——然而流的一点儿也不通畅，因为当眼泪碰到她涂得黑黑的睫毛时就变成了墨水的颜色，犹如两条黑黑的小溪缓慢地流着。有人开玩笑让她按脸上的音符唱首歌，她听完后双手往上一甩，倒在一张椅子里，然后醉醺醺地呼呼大睡。

“她刚才和一位自称是她丈夫的人打了一架。”我身边一个姑娘解释道。

我向四周环顾了一下，大部分没有离开的女客都在和她们所谓的丈夫吵架。甚至和乔丹一伙的，那两对从东半岛来的夫妻，因为看法不同，也产生了分歧。其中一位男士正和一位年轻女演员聊得火热，他的妻子最初还顾全面子，装作无所谓的样子，试图对眼前的一切一笑了之，后来就实在无法承受了，于是开始旁敲侧击——时不时突然地出现在他身边，像一条愤怒的毒蛇般，在他耳边嘶嘶地说："你答应过的！"

迟迟不愿回家的不仅仅只有任性不羁的男人。此时大厅里还站着两个毫无醉意的可怜男人和他们各自怒不可遏的妻子。两位太太稍稍提高了嗓音，彼此表示同情。

"我一玩得高兴，他就闹着要回家。"

"我这一辈子还没听说过像他这么自私的家伙。"

"我们总是最早离开。"

"我们也是啊。"

"唉，今晚我们几乎是最迟离开的，"其中一位男士怯怯地说，"就连乐队都离开半小时了。"

尽管两位太太意见一致，都无法相信还有这么恶毒的人，但这场争吵还是在短暂的挣扎中结束了，两位先生各自抱着双脚乱踢的妻子，消失在夜色中。

我在门厅等待侍者给我取回帽子时，乔丹·贝克和盖茨比一同从图书馆走了出来。他还在和乔丹最后说着什么，可这时有几个人过来和他告别，他原先热切的态度陡然变得拘谨起来。

乔丹那伙人在门廊那儿不耐烦地喊着她，不过她还是逗留了片刻与我握手道别。

“我刚才听到一件最惊人的事情，”她低声说，“我们在那边待了多久？”

“哦。大概一个小时吧。”

“这件事……太不可思议了，”她出神地重复道，“但我发誓不说出来的，可现在却在引起你的好奇。”她当着我的面优雅地打了个哈欠，“请来看我……电话簿……西戈尼·霍华德太太名下……我姑妈……”她说着便匆匆离去——愉快地挥舞着她那晒得棕黑色的手以示告别，然后在门口和那几个人会合了。

第一次来做客就待到这么晚，我觉得有些难为情。我走到围着盖茨比的最后几位客人那边，想向他解释我刚来的时候就到处找他，并且为在花园里坐在对面却没认出他而道歉。

“没关系，”他诚恳地叮嘱我，“别放在心上，老兄。”他亲切的称呼，以及那轻轻拍着我肩膀、让我放心的手，都让我感觉无比亲切。“别忘了明天早上我们一起试乘水上飞机呢，九点钟。”

接着男管家来了，站到他身后。“先生，有费城来的电话找您。”

“好的，马上。告诉他们我马上就来了。晚安。”

“晚安。”

“晚安。”他笑了。突然间我觉得待到最后才走似乎是一件愉快而有意义的事情，仿佛这就是他一直所希望看到的。“晚安，老兄……晚安。”

可是当我走下台阶时，发现晚会并没有完全结束。离大门五十英尺远的地方，十几盏车头灯照着一个古怪而混乱的场景。路边的小沟里，一辆刚刚离开盖茨比家两分钟不到的崭新小轿车，左边陷了进去，一只车轮也撞掉了。围墙突出的一个棱角是轮胎脱落的原因。有六个好奇的司机在现场围观。可因为自己的车子停在前面挡了出去的路，后面车子上的司机不停地按喇叭，刺耳的噪音使场面更加混乱。

一个穿着长风衣的男子从撞坏的车里爬出来，站在路中间，把车子、轮胎和旁观者打量了一遍，露出一副和蔼可亲又疑惑不解的神情。

“瞧！”他解释道，“车子掉到沟里去了。”

这个事情使他觉得十分惊奇。我先是听出了这种不同寻常的惊讶，然后认出了这个人——他就是我刚才在盖茨比的图书馆遇到的那个人。

“怎么回事？”

他耸了耸肩。

“我对机械构造一无所知。”他果断地说。

“到底怎么弄的？你撞到墙上去了吗？”

“不要问我，”戴猫头鹰眼镜的先生说，他把事情推脱得一干二净，“我对汽车驾驶知道的少之甚少。事情发生了，我就知道这一点。”

“既然你开得不好，就不应该在晚上试开嘛。”

“我连试也没试，”他愤愤不平地解释说，“我连试也没试啊。”

围观的人震惊得说不出话来。

“你是想自杀吗？”

“幸运的是车只掉了一个轮子！不怎么会开车，你提前还不试试！”

“你们有所不知，”这个肇事者解释说，“车不是我开的。车里还有另一个人。”

话音刚落，人们都震惊地发出“啊——啊——啊！”的声音，这时轿车的门也缓慢地开了。围观的人——此刻已经是一大群人了——不自觉地向后退，车门打开后，人群瞬间一片死寂。然后，一个脸色苍白、摇摇晃晃的人，从被撞坏的车里十分缓慢地爬出来，一只大舞鞋试探地踩了几下地面。

这位幽灵般的人被汽车前灯晃得眼睛睁不开，又被阵阵喇叭声吵得稀里糊涂，站在那里晃了一会儿才认出穿风衣的人。

“怎么回事？”他镇静地问，“咱们汽油用完啦？”

“你看！”

六个人都指着脱落的车轮——他盯着它看了一会儿，然后抬头向上看，好像轮子是从天而落的似的。

“轮子掉了。”有人解释道。

他点了点头。

“刚开始我还没发现咱们停下了。”

过了一会儿，他深吸一口气，挺起胸膛，用一种坚定不移的语气说：“请问哪里有加油站？”

顿时十来个人——其中几个头脑稍微清醒点的——解释说车轮和车身已完全分家了。

“倒车，”过了一会儿他又建议，“用倒车挡。”

“但轮子掉了！”

他犹豫了一下。

“试试也无大碍嘛。”他说。

汽车喇叭的尖叫声达到了极点，于是我转身穿过草坪，向家走去。我回头望了望。一轮圆月挂在盖茨比豪宅的上空，夜色依旧美好，花园里依旧花灯璀璨，只是欢声笑语不复存在。仿佛有阵突如其来的空虚感流淌过一扇扇门窗，独留下主人那单薄的身影：他站在阳台上，举手做出正式告别的姿势。

重读上面写的文字，我发现我留给人的印象是这样的：我好像除了在这相隔几周的三个夜晚参与活动，就无事可做了。实际上恰好相反，它们仅仅是这繁忙夏季的小小插曲，之后的很长一段时间，我对自己私事的关注程度远远超过对它们的关注。

大部分的时间我都在工作。每天清晨，太阳照在我身上留下向西的影子时，我便从纽约南部的众多摩天大楼间匆匆穿过，向正诚信托公司走去。我和公司里的其他同事还有年轻的债券推销员混得很熟，经常一块儿去那些阴暗拥挤的小饭店，要些小猪肉香肠和土豆泥当午饭，再喝杯咖啡。我甚至还和一个住在泽西城的姑娘短暂交往过，她在会计部工作。但是她哥哥对我一副鄙夷的神色，所以她七月出去度假的时候，我就趁机让这事吹了。

通常我在耶鲁俱乐部吃晚饭——说不上是什么缘故，我感觉这是我一天中最凄凉的时刻——吃完饭我就到楼上的资料室，刻苦钻研一个小时的投资和证券知识。往往有些爱吵闹的人光临俱乐部，不过他们不进资料室，所以这里是学习的好去处。学习完出来，如果夜色柔和，我就沿着麦迪逊路散步，途经古老的默里山饭店，再穿过三十三号街，走到宾夕法尼亚车站。

我逐渐喜欢上了纽约，喜欢夜晚赋予人们的那种奔放和冒险的情调，喜欢络绎不绝的红男绿女和川流不息的往来车辆带来的目不暇接和心满意足。我喜欢沿着第五大道散步，在人群中寻找浪漫而有情调的女人，幻想再过几分钟我就要进入她们的生活，而这些无人知晓也无人非议。有时候，我会想象跟着她们走到了隐秘的街道拐弯处——她们住的公寓，她们回眸一笑，走进屋里，便消失在温暖的夜色中。看着大都市充满魅力的昏暗夜色，我也会产生一种弃之不去的孤独感，同时觉得别人也有同感——那些穷困的年轻小职员，在橱窗外徘徊着，等到了吃饭时间就独自去小饭店填饱肚子。黄昏里的他们虚度着夜晚和一生中最令人心酸的时光。

又到了晚上八点，四十几号街黑暗的街巷里，开向戏院区的出租车，五辆一排，把道路挤得水泄不通，异常热闹，这时我就莫名的惆怅。出租车在路边暂停时，车里的人相互依偎着，歌声荡漾，听不到的玩笑引发了阵阵欢笑，点燃的香烟画出一个个模糊的圆圈。我幻想着自己也像他们似的，匆匆赶去寻欢作乐，感受他们亲密无间的兴奋，于是我暗自祝福他们。

有一段时间没见过乔丹·贝克，盛夏时节我们又见面了。最初我以陪她到处逛为荣，因为她是个高尔夫球冠军，她的名字广为人知。后来我对她的感情发生了变化。我并没有真正爱上她，只是对她产生了微妙的好奇之心。她展现给大家看的那副厌倦而高傲的面孔掩盖了点儿什么——多数装腔作势的举止行为背后都隐藏着什么，即使当初并非如此——后来我发现了那是什么。当时我们俩一起去沃里克参加一次别墅聚会。她把一辆借来的敞篷车直接停在雨里，车篷也不拉上，事后说了个谎——我突然记起了那晚在黛西家想不起来的关于她的故事。她第一次参加大型高尔夫球锦标赛时，就引起了一场风波，差一点在报纸上刊登——有人说她在半决赛时挪动了一个处在不利位置上的球。这件事差点就成了丑闻——后来却平息了下来。有个球童收回了证词，仅有的一个证人也承认他可能看错了。这件事以及她的名字却留在了我的脑海里。

乔丹·贝克本能地远离那些聪明机灵的男人，现在我明白了，因为她认为和墨守成规的人打交道比较保险。她不诚实到了病入膏肓的地步。她不能忍受处于下风，既然如此不情愿，我觉得她从小就学会了各种骗人的伎俩，可以一边对世人摆出冷漠而傲慢的笑脸，一边满足她那结实矫健的身体的需求。

我倒是无所谓。女人爱说谎，也无须怎么谴责——我只是偶尔觉得可惜，过后就忘了。也就在那次的别墅聚会上，我们俩就开车的问题展开了一段奇怪的对话。话题起因是她的车紧蹭着几个工人就开了过去，结果挡泥板蹭到了一个工人外套的纽扣。

“你不是个好司机，”我抗议道，“你该再小心点儿，要不就最好别开车了。”

“我很小心的。”

“不，你没有小心。”

“没关系的，反正别人会小心。”她满不在乎地说。

“这跟你开车有什么关系？”

“他们会避开我的，”她执着地说，“双方都不小心才会发生事故嘛。”

“那要是碰到一个和你一样不小心的人呢？”

“我希望永远不会遇到，”她答道，“我讨厌粗心的人，这也是我喜欢你的原因。”

她那双被太阳照得紧眯的灰色眼睛直直地看着前方，但她这句话已经故意地改变了我们的关系，转瞬间，我觉得我爱上她了。可我是个迟钝的人，满脑袋的行为准则，像刹车似的抑制了我的欲望。我清楚我应该首先摆脱家乡的那段感情纠葛。我每周寄回几封信，签上“爱你的尼克”，而我能想到的就是她每次打网球时，上唇渗出像小胡子似的一圈汗珠。我和乔丹之间确实存在着暧昧的默契，在我获得自由前，我需要先巧妙地解除这段关系。

每个人都认为自己身上至少具备一种基本美德，而我自己的美德便是诚实：我所认识的诚实的人不多，而我是其中一个。

The Great Gatsby
了不起的盖茨比

——*The Great Gatsby* | 了不起的盖茨比 ——

第四章

星期天的早晨，当教堂的钟声在沿岸村庄响起时，上流社会的男男女女们再次回到盖茨比的别墅，在他的草坪上纵情地嬉闹着。

那些少妇一边喝着他的鸡尾酒，在他的鲜花丛中散步，一边还说着：“他是个贩卖私酒的，有一回他杀了一个人，因为那人打听出他是兴登堡的侄子，魔鬼的表兄弟。给我一朵玫瑰花，亲爱的，再往我的水晶杯里倒上酒，杯子就在那边放着。”

我曾在一张火车时刻表的空白处记下了那年夏天来盖茨比别墅的人的名字。现在这张时刻表已经很旧了，折叠处都已破损，上面印着“本表自 1922 年 7 月 5 日起生效”。但我依稀能认出那些已经变得暗淡的名字，和我对那些人笼统的介绍相比，它能让你更清晰地看到哪些人接受过盖茨比的款待，而这些人对盖茨比的回敬，就是对他一无所知。

来自东半岛的有切斯特·贝克夫妇、利奇夫妇、一个我在耶鲁认识的叫本森的男子，还有韦伯斯特·西维特医生，他去年夏天在缅因州溺水而亡了。还有霍尔比姆夫妇、威利·伏尔泰夫妇以及布莱克巴克全家，他们喜欢聚集在一个角落，谁要是走近，他们就会像山羊一样鼻孔朝天。此外还有伊斯梅夫妇、克里斯蒂夫妇（更准确地说是休伯特·奥尔巴克先生和克里斯蒂先生的太太）和埃德加·比弗，听说他的头发在一个冬天的下午平白无故地变得像棉花一样白。

我记得克拉伦斯·恩迪也是从东半岛来的。他只来过一次，穿着一条白色灯笼裤，还在花园里和一个叫埃蒂的流浪汉打了一架。钱德尔夫妇、O·R·P·施雷德夫妇、乔治亚州的斯通瓦尔·杰克逊·艾布拉姆夫妇，还有菲希加德夫妇和里普利·斯奈尔夫妇都是从长岛更远的地方来的。斯奈尔在他入狱前三天还来过，喝得烂醉如泥，躺在碎石车道上，结果尤利西斯·斯威特太太开车从他的右手上碾了过去。丹希夫妇也来了，还有年近七旬的S·B·怀特贝特、莫理斯·A·弗林克、汉姆海德夫妇、烟草进口商贝路加以及他的女儿们。

从西半岛来的有波尔夫妇、马尔雷德夫妇、塞西尔·罗巴克、塞西尔·舍恩、州议员古利克，以及卓越影片公司的后台老板牛顿·奥基德，还有艾克豪斯特和克莱德·科恩、小唐·S·施沃兹以及阿瑟·麦加蒂，这些人都和电影有着千丝万缕的联系。还有卡特利普夫妇、本伯格夫妇和G·厄尔·马尔东，就是后来把老婆勒死的那个马尔东的兄弟。企业创办人达·冯坦诺也到这儿了，还有爱德·莱格罗、詹姆斯·B·菲莱特（绰号“劣质酒”）、德·琼夫妇和欧内斯特·利里——他们来就是为了赌钱的，要是菲莱特去逛花园，那就意味着他输得一干二净，第二天联合运输公司的股票就会大幅度涨落，这样他就能从中捞回本钱了。

有一个叫克利普斯普林格的男人因为常常去那儿，人们都叫他“寄宿者”——我怀疑他根本就无家可归。戏剧界的宾客有葛斯·威兹、霍勒斯·奥多诺万、莱斯特·迈尔、乔治·德克维德和弗朗西斯·布尔。从纽约来的客人有克罗姆夫妇、贝克海森夫妇、丹尼克夫妇、罗素·贝蒂、科里根夫妇、凯瑟赫夫妇、杜厄夫妇、斯科里夫妇、S·W·贝尔立夫妇、斯默克夫妇、目前已经离婚的年轻的奎因夫妇和亨利·L·帕默多，他之后在时报广场的火车站卧轨自杀了。

本厄·麦克莱纳亨来的时候总带着四个女孩儿。每次来的女孩儿都不一样，但这些女孩都属同一个类型，十分相像，看上去难免像来过似的。我不记得她们的名字了——好像叫杰奎玲，要不就叫康斯薇拉，再或者就是格洛丽亚、朱迪、琼，她们的姓氏不是悦耳动听的花草名和月份名，就是令人肃然起敬的美国大资产家的姓氏，如果有人追问，她们就说自己是他们的远房亲戚。

除了上面提到的人外，我还记得福丝娣娜·奥布莱恩至少也来过一次，还有贝达克家姐妹、战争中被子弹打掉鼻子的年轻小伙布鲁尔、尔布鲁克斯堡先生和他的未婚妻海格小姐、阿迪泰·费兹彼得夫妇和一度当过美国退伍军人协会主席的卜朱厄特先生、克劳迪娅·希普小姐和据说是她的司机的男伴，还有一位什么亲王，我们都叫他公爵，我可能以前知道他的名字，现在也不记得了。

所有这些人都在那年夏天去过盖茨比的别墅。

七月末某天的早晨九点，盖茨比的豪华汽车沿着石子路一路颠簸到了我家门口，三个音符的喇叭发出一阵悦耳的旋律。这是他首次来我家，虽然我已经参加过两次他的聚会，乘过他的水上飞机，而且在他热情的邀请下，时常去他的私人沙滩玩。

“早上好，老兄。我们约好一块儿去吃午饭，不如就同车进城吧。”

他平稳地站在汽车的挡泥板上，那姿势显得灵活轻巧，具有美国人特有的洒脱——我想这是从小不干体力活的缘故吧，也可能是因为经常参加各种紧张激烈的比赛，练就了自然而优美的体型。这个特点与他的拘谨行为不同，不时地给人一种坐立不安的感觉。他没有完全安静的时候，不是一只脚在轻轻打拍子，就是一只手不耐烦地张张合合。

他看到我赞许地看着他的汽车。

“这车很漂亮，对不对，老兄？”他从挡泥板上跳了下来，好让我看个仔细，“你之前没看见过它吗？”

我见过，大家都看到过。车是乳白色的，镀镍的部位亮闪闪的，车身奇长，四处突出的部分是内置的存放帽子、饭盒、工具箱的地方，层层叠叠的挡风玻璃反射出十几个太阳。我们坐在用绿色皮革装饰的车厢里，前面有好几层玻璃，如同在温室里一样，就这样出发去城里。

这一个月以来，我和他交谈过五六次。令我失望的是，他不怎么说话。起初我认为他是一位大人物，但现在这种看法渐渐不存在了，他只是我家隔壁豪华大饭店的老板。

接下来的同车之行令我觉得困窘。我们还没到西半岛，盖茨比就把那说了一半的措辞文雅的句子打住，迟疑地用手拍打着穿着淡褐色西裤的膝盖。

“我说，老兄，”他出乎意料地说道，“你觉得我是个什么样的人？”

我有些手足无措，闪烁其词地糊弄了几句。

“好了，我和你讲讲我的经历吧，”他打断了我的话。“我不希望你听了流言对我产生误解。”

原来他也知道那些在他家客厅里散布着的古怪流言。

“上帝做证，我和你说的都是实话。”他突然举起右手起誓，如果说了假话就会受到惩罚。“我出生在中西部一个富裕人家——家里人现都已过世。我在美国长大，但却在牛津上的学，因为我的先辈们都在那里受教育。这成了家族的传统。”

他说话的时候一直斜着眼睛看我——这时我突然明白为什么乔丹·贝克觉得他说谎了。他含糊地把“在牛津上的学”这句话一带而过，有些吞吞吐吐，好像他之前就被这个说法困扰过。由于这个疑点，他说的话我都不再相信了，于是我猜测他真有不可告人的秘密。

“中西部什么地方？”我随口问了一句。

“旧金山。”

“哦，知道了。”

“我家里人都去世了，因此我继承了大笔遗产。”

他的语气很严肃，好像家族的消逝至今仍令他痛心。有那么一刻，我怀疑他是在戏弄我，但看了他一眼后，我便知道这是真的。

“最初我就如同一个年轻的王侯走遍了欧洲各大首都——巴黎、威尼斯和罗马——收集一些珠宝，主要是红宝石；去狩猎，打大个儿的动物；画点东西。这些都是为了消遣时间，好忘掉很久以前发生的伤心事。”

我强忍着，没有因为怀疑而笑出声来，他说的话太陈腐了，我脑海里只能绘制出这么一幅画面：一个戴头巾的“角色”，在布洛涅森林公园里追逐着老虎，边跑边漏着身子里填的木屑。

“后来开始打仗了，老兄。这倒是个解脱的好机会，我想方设法地去寻死，但我命里像有神仙保佑似的。战争刚开始，我就被任命为中尉。在阿贡森林战役中，我带领两个机枪小分队勇往直前进行突围，结果有长达半英里的距离，我们无人掩护，因为步兵无法跟上来。我们坚守了两天两夜，一共一百三十人，只有十六挺刘易斯式机枪。后来步兵冲上来的时候，从堆积如山的尸体中找到了三枚德国师的徽章。我升为少校，每一个同盟国政府都授予了我一枚勋章——甚至还包括黑山国！亚得里亚海上的那个小小的黑山国！”

小小的黑山国！说到这几个字时，他明显提高了嗓门，并面带微笑地点头。这微笑意味着他知晓黑山动乱的历史，对黑山人民的英勇奋斗有着深深的同情。从这个微笑也能看出他理解黑山国的一连串处境，并因此十分感激这个热情的小国赠予了他礼物。我的怀疑此时已经化为惊奇，如同匆匆翻阅十几本杂志一样。

他把手伸进口袋里掏出一枚系在丝带上的金属徽章，把它放到了我的手里。

“这就是黑山国授予我的勋章。”

我很吃惊，因为它看上去和真的一样。“丹尼罗勋章”，上面刻着一圈铭文：黑山国国王尼古拉斯。

“看背面。”

“杰伊·盖茨比少校，”我念道，“英勇无双。”

“还有一件我一直随身带着的玩意儿，是我读牛津大学时的纪念。这是在三一学院校园里拍的照——我左边的那位就是现在的唐卡斯顿伯爵。”

这张相片里一共有六个年轻男人，都穿着运动服，站在拱门下面，拱门后面是许多塔尖。相片里的盖茨比，手里拿着一根板球棒，比现在稍微年轻些。

这么说他没有说谎。我似乎看到了他在威尼斯大运河边的豪宅里，挂着五彩斑斓的老虎皮；我仿佛看到他打开一箱箱红宝石，借助它们耀眼的红色光芒给他那颗破碎的痛苦之心带来慰藉。

“今天我想请你帮个大忙，”他边说边满意地把两件纪念品放进口袋里。“所以我觉得你有必要了解我的情况。我不希望你认为我只是泛泛之辈。你看到了，我置身于陌生人中间，是因为我想四处飘荡，以忘记那件伤心事。”他迟疑了片刻说，“今天下午你会知道这件事的。”

“吃午饭的时候吗？”

“不，是今天下午。我碰巧知道你下午约了贝克小姐喝茶。”

“你是说你爱上贝克小姐了吗？”

“不，老兄，我可没有。可是贝克小姐人很好，她同意来和你谈这件事。”

我不知晓“这件事”到底指的是什么，但我不太感兴趣，反倒有些厌恶。我请贝克小姐喝茶，又不是为了谈论杰伊·盖茨比先生。我敢断定他请我做的事情绝对是什么不可思议的事情，瞬间我就后悔当初踏上他那全是客人的草坪。

他没再多语。越靠近城区，他就显得越拘谨。我们驶过罗斯福港时，可以看到船身涂着一圈红漆的远洋货轮，接着又驶过一个贫民窟，碎石路两旁是二十世纪繁华一时的镀金酒吧，现已褪色，虽然阴暗，还是有客人光临。然后，那个灰谷在我们两旁伸展开来，我从车上看到威尔逊太太喘着粗气，紧拖着加油泵卖力地给人加油。

汽车飞驰起来，它的挡泥板像张开的双翅一样，我们驶过纽约皇后区的阿斯托里亚街区，给它撒下光明，不过只是半个街区，因为当我们在高架铁路的支架间绕行的时候，我听到一阵“突——突——噼啪”的熟悉声响，随即一名警察骑着摩托车气急败坏地追了上来。

“好了，老兄。”盖茨比喊道，车渐渐停了下来。他从皮夹里拿出一张白色的卡片，在警察的面前晃了晃。

“原来是您哪，”警察提了提帽檐，恭敬地说，“以后记得您了，盖茨比先生。冒犯您了！”

“你给他看的是什么？”我问道，“是那张在牛津大学拍的照片吗？”

“我曾经给警察局长帮过忙，所以他每年都给我寄一张圣诞卡片。”

我们驶上大桥，阳光透过钢架，照射着车水马龙，光芒四射；河对岸的城市高楼林立，像一堆白色的糖块儿似的，但愿它们不是用散发着铜臭味的钱盖起来的房子。从皇后区大桥远眺，纽约市展现出的依然是世上满满的神秘感和美感，宛如初见。

一辆装着死人、堆满鲜花的灵车从我们车边行驶过去，后面跟着两辆遮着窗帘的马车，还有几辆相对来说不那么庄重的马车载着亲友，这些人透过车窗望着我们，眼神里满是悲伤，从他们那薄薄的上唇来看，应该是东南欧人。他们在凄凉的出殡日还能看到盖茨比这豪华的轿车，我替他们感到欣慰。我们路过布莱克威尔岛的时候，一辆高级轿车超过了我们，开车的是个白人，里面坐着三个打扮时髦的黑人，两男一女。这些家伙冲我们翻白眼，一副傲慢的敌对神情，让我禁不住哈哈大笑起来。

“过了这座桥，任何事情都有发生的可能，”我心里想，“无论什么事……”

连盖茨比这样的人物都会出现，还有什么事情会让人大惊小怪呢。

骄阳似火的正午，我走进四十二号街一家地下餐馆里和盖茨比共进午餐，那家餐厅开着风速很大的电扇。我眨眨眼适应较暗的光线，模模糊糊地看到他在接待室和另一个人说话。

“卡洛维先生，这位是我的朋友沃尔夫山姆先生。”

这是个身材矮小的犹太人，还长着一个塌鼻子，他抬起大脑袋打量着我，使我注意到的就是他鼻孔里那两撮浓密的鼻毛。过了一会儿我才在半明半暗的光线里，看到了他那双小眼睛。

“……于是我看了他一眼，”沃尔夫山姆先生边说边和我热切地握手，“你猜猜我做了什么事？”

“什么事？”我礼貌地问道。

很明显他并不是同我讲话，因为他松开了我的手，把他那富有表现力的鼻子对准了盖茨比。

“我把钱交给凯兹保的同时对他说：‘这样吧，凯兹保，他要是不闭嘴，就休想得到半分钱。’当时他就闭上了他的臭嘴。”

盖茨比挽着我们俩的胳膊走进了餐厅，于是沃尔夫山姆先生又把到嘴边的话咽了下去，一副心不在焉的神游表情。

“要冰威士忌苏打吗？”领班的服务员问。

“这家餐厅不错，”沃尔夫山姆先生抬头望着天花板上绘得长老会传说中的仙女说，“可我更喜欢街对面那家。”

“好的，来几杯冰威士忌苏打，”盖茨比答应道，然后对沃尔夫山姆说，“那边太热了。”

“说得对，那儿又热，地方又小，”沃尔夫山姆说，“但是充满了回忆。”

“哪一家饭店？”我问道。

“老大都会。”

“老大都会，”沃尔夫山姆先生沮丧地沉思着，“那儿曾聚集过多少消逝的面容，多少已经不在人世的朋友。我这辈子也不会忘了他们在那个夜晚，开枪打死了罗西·罗森塔尔。我们六个人一桌，罗西一晚上吃得酒醉饭饱。快天亮时，服务员表情古怪地告诉他有人请他到外面说话。‘没问题。’罗西说着便起身准备走，我一把拉住他，让他坐下。”

“那些混蛋想找你，就让他们来这里，罗西，你千万不能出去。”

“当时是凌晨四点，拉起百叶窗，我们就能见到日光。”

“他出去了吗？”我傻傻地问。

“当然出去了。”沃尔夫山姆先生愤怒地朝我掀了下鼻子。“他走到门口还转过身说：‘别让服务员撤走我的咖啡！’说完就走到外面人行道上，他们朝他吃得饱饱的肚子上连开三枪，就开车跑了。”

“其中四个被判了电刑。”我突然想起这回事。

“是五个，包括贝克。”他鼻孔对着我，一副很感兴趣的神情，“听说你在找关系做生意。”

这两句话连起来让我吃了一惊。盖茨比替我做了回答：

“哦，不是，”他大声说，“这不是那个人。”

“不是啊？”沃尔夫山姆先生似乎有点儿失望。

“这只是我的一位朋友。我说过我们改天再谈那件事嘛。”

“很抱歉，”沃尔夫山姆先生说，“我认错人了。”

这时端上来一盘美味的回锅肉丁土豆，沃尔夫山姆先生瞬间忘记了老大都会那令人伤感的往事，开始沉浸在美食中。与此同时，他慢慢地转动着眼珠，把整个餐厅扫视了一番——又转过身，把坐在我们后边的客人也打量了一番，视线整整转了 360 度。我猜如果我不在场，他连我们桌子底下也不会放过。

“我说，老兄，”盖茨比靠近我说，“今早在车里我恐怕惹你生气了吧。”

他满脸堆起熟悉的笑容，可这次我漠然置之。

“我不喜欢弄得神秘兮兮的，”我答道，“我不理解你为什么不能坦白地告诉我，你到底需要我做什么。为什么非要通过贝克小姐告诉我呢？”

“啊，绝对不是不正当的事情，”他保证道，“你也了解，贝克小姐是一名了不起的运动员，她绝不会做什么不该做的事情。”

他突然间看了看手表，猛地站起来，匆忙离开餐厅，剩下我和沃尔夫山姆先生留在了桌边。

“他得去打个电话，”沃尔夫山姆先生边说边目送着他离去，“他是个好人，对吧？仪表堂堂，人品也好。”

“是的。”

“他是扭津人。”

“哦！”

“他上过英国的扭津大学。你知道扭津大学吗？”

“有所耳闻。”

“那是世界上最著名的大学之一。”

“你和盖茨比认识很久了吗？”我问道。

“好多年了，”他称心如意地答道，“战争结束后不久，我有幸认识了他。和他聊了一个小时我就看出他是个很有教养的人。我自言自语地说：‘他是你乐意带回家介绍给母亲和妹妹认识的那种人。’”他顿了顿，说道：“我发现你在看我的袖扣。”

我原本没有看，现在倒是注意到了。它们看着像是一粒粒象牙做的，眼熟得有点奇怪。

“是选的上好的真人臼齿做的。”他告诉我。

“真的！”我仔细地看了看，“这倒是挺有趣的。”

“是啊。”他把衬衣袖口缩回去，放到外套里面，“啊，盖茨比对女人还是很规矩的。朋友的太太他一眼也不多看。”

这个看起来就让人可信的对象又回到桌边坐下，沃尔夫山姆先生一口把他的咖啡喝完，起身准备告辞。

“我午饭吃得很愉快，”他说，“我要走了，你们两个年轻人待着吧，免得你们一会儿嫌弃我。”

“不要这么着急，迈耶。”盖茨比淡淡地说。沃尔夫山姆先生举起手，像是祝福似的。

“你们都很有礼貌，但我是老一辈的人了，”他郑重其事地说，“你们坐着聊聊体育，聊聊年轻小姐，还有……”他把手一挥，以代替他省略的话，“至于我嘛，五十岁的人了，就不打扰你们了。”

他同我握了握手便走了，在转身时我看到他那忧郁的鼻子抖动着。我不知道是不是我说了什么话冒犯他了。

“有时他会变得很多愁善感，”盖茨比解释道，“今天他又忧郁了。在纽约他也算是个人物——百老汇的常客。”

“他究竟是什么人？演员吗？”

“不是。”

“牙科医生吗？”

“迈耶·沃尔夫山姆？不，他是个赌徒。”盖茨比迟疑了一下，又淡然地补充道，“就是他在 1919 年幕后操纵美国世界棒球联赛的。”

“幕后操纵美国世界棒球联赛？”我重复了一遍。

这让我目瞪口呆。我当然记得1919年世界棒球联赛被幕后操纵这回事，但即使我想起过它，也只会觉得它是一件发生了的事，是一连串事情导致的必然结果呢。我怎么也想不到一个人单枪匹马就可以把五千万人都愚弄了——就像是让小偷凭一己之力就撬开保险柜一样。

“他怎么会做那样的事情呢？”过了一会儿我才问。

“他只不过是瞄准了机会。”

“他没坐牢吗？”

“他们抓不住他的把柄的，老兄。他聪明至极。”

我坚持要买单。服务员给我找零钱时，穿过拥挤的人群，我恰好看到了汤姆·布坎南在餐厅的另一边。

“跟我来一下，”我说，“我得去和一个人打个招呼。”

汤姆一看到我们就跳了起来，五六步就走到我们面前。

“你最近到哪儿去了？”汤姆热切地问，“你都不打电话来，黛西很生气呢。”

“这位是盖茨比先生，布坎南先生。”

他们草率地握了个手，盖茨比脸上流露出并不常见的紧张和尴尬的表情。

“你最近到底怎么样啊？”汤姆追问道，“你怎么大老远跑到这里来吃饭？”

“我和盖茨比先生约好来这里吃午饭的。”

待我转过身，盖茨比已经不见踪影了。

1917 年 10 月的某天——（那天下午，在广场饭店的茶室里，乔丹·贝克笔直地坐在一把直靠背的椅子上，向我讲述了往事。）——那天我正沿着路边从一个地方向另一个地方走去，一只脚踩在人行道上走，另一只脚踩在草坪上走。当时我穿了一双英国鞋，因为是橡胶鞋底，踩在柔软的草坪上，可以留下一个个痕迹，所以我更喜欢走在草坪上。那天我还穿了一条新的方格呢裙子，裙子随风扬起来时，就能听到家家户户门前挺直的红白蓝的三色彩旗发出“啧——啧——啧——啧”的声音，好像很不以为然的样子。

黛西·费伊家的旗子和草坪都是最大的。那时她只有 18 岁，比我大两岁，当时在路易斯维尔所有年轻的小姐中，她是最受欢迎的一个。她穿着白色的裙子，开着白色的跑车，她家的电话从早响到晚，泰勒军营里那些兴奋的青年军官们个个都打来电话，希望可以单独和她约会一晚上。“怎么也给我一个小时吧。”

那天早上我路过她家对面的马路，路边停放着她的白色跑车，她和一位我之前从未见过的中尉在车里坐着。他们俩专心致志地看着对方，以至于我走到离他们只有五英尺时，她才看到我。

“你好，乔丹，”她出乎意料地招呼我，“请过来一下。”

她要和我说话，我感到很荣幸，因为在年纪比我大的女孩子中，她是最让我崇拜的。她问我是否要去红十字会做绷带，我回答是的。然后她请我捎个口信说她那天去不了了。黛西说话时，那位军官一直盯着她看，我想每个女孩都渴望有人会用这样的眼神看着自己。因为我认为那非常浪漫，所以到现在我都记得那个情景。他的名字叫杰伊·盖茨比，之后的四年多，我再也没见过他——即使之后在长岛遇到了他，但我也没想到他们就是同一个人。

那是 1917 年。到了第二年，我也有了追求我的人，而且我开始参加联赛，所以不怎么见到黛西。要说她和人来往的话，也是一些年龄比我稍大的人。有关她的谣言铺天盖地——有人说有个冬天的夜晚，她收拾行装准备去纽约和一个要赴海外的军人告别时，被她母亲发现了。家里人把她拦了下来，于是她连着好几个星期不和家里人说话。从此她就再也不和军人交往了，顶多也就是和当地几个压根参不了军的扁平足和近视眼的青年来往。

到了秋天，她就又活泼起来了，和以前一样。停战后，她参加了一次初进社交生活的舞会，据说她要在二月里和一个来自新奥尔良的人订婚。六月她嫁给了芝加哥的汤姆·布坎南，他们婚礼的隆重豪华程度，是路易斯维尔前所未有的。新郎和一百来位客人包了四节车厢前来，又租了莫尔巴赫饭店整整一层楼。结婚前一天，他送给黛西一串珍珠项链，价值三十五万美元。

我是其中的一个伴娘。距离婚礼前夕的新娘送别宴会还差半小时，我走进她的房间，看到她躺在床上，穿着一件绣花的衣裳，像那个六月的夜晚一样美，醉得像只猴子。她一只手拿着一瓶苏特恩白葡萄酒，一手捏着一封信。

“恭……喜我啊，”她含糊地自言自语说，“以前没喝过酒，啊，今天喝的可真痛快。”

“黛西，怎么了？”

我吓坏了。真的，我从没见过一个女孩儿醉成这样。

“给你，亲爱的。”她从拿到床上的废纸篓里摸索了一阵，掏出那串珍珠项链，“把它拿到楼下，是谁的东西就还给谁。告诉他们黛西改变主意了。就说‘黛西改变主意了！’”

接着她就一直哭。我急忙出去找到她母亲的贴身女佣，然后关上她的房门，让她洗了冷水澡。她死死地攥着那封信不松开。她把信带到浴缸里，捏成了湿淋淋的一团，直到她看到信碎得像雪花儿似的，才让我把它放进肥皂碟里。

但她之后就闭口不语了。我们让她闻醒酒用的阿摩尼亚精油，把冰块敷在她的额头上，接着又哄她把衣服穿好。半小时后，我们走出房间，珍珠项链已经戴在她颈前，这场风波就这么平息了。第二天下午五点，她若无其事地与汤姆·布坎南结婚了，然后去南太平洋度了三个月的蜜月。

他们回来之后，我在圣巴巴拉见过他们，我从没见过哪个女人能如此迷恋自己的丈夫。只要他离开房间一小会儿，她就会心慌意乱地四处寻找，念叨着："汤姆去哪儿了？"一副神思恍惚的样子，一直到看见他从门口走进来。她经常能在沙滩上坐上个把小时，让他的头枕着自己的膝盖，手轻轻抚摸着他的眼睛，无限欢喜地盯着他。他们俩在一起的情景令人动容——会让你陶醉地会心一笑。那是八月里的事了。我离开圣巴巴拉一周后，某一天的晚上，汤姆在凡吐拉公路上和一辆货车相撞，他轿车的一个前轮被撞飞了。和他同车的女孩也被刊登在了报纸上，因为她被撞断了一只胳膊——她是圣巴巴拉饭店里收拾房间的一个服务员。

第二年四月份，黛西生完女儿，他们一家去法国待了一年。有一年的春天我在戛纳见过他们，后来在多维尔也见过，再后来他们就定居在芝加哥了。黛西在芝加哥十分受欢迎，这你也知道。他们交一些花天酒地的朋友，个个都年纪轻轻就过着奢侈放荡的生活，可她的名誉始终是清清白白的。可能是她不喝酒的缘故吧。在酗酒的人群里，自己不喝酒，是很有优势的。你可以不胡言乱语，你也可以等别人都喝得烂醉如泥时，做点小动作也无妨，他们要么看不到，就算看到了也满不在乎。可能黛西真的从未卷入过风流韵事——但她的声音总是有点儿让人……

后来，大概六周前，她这么多年来第一次听到了盖茨比的名字。就是那天晚上我问你——你还记得吗——是否认识西半岛的盖茨比。你走了之后，她进我房间里把我推醒，问我："哪个盖茨比？"我半睡半醒地给她描述了一番。她听后用很古怪的声音说一定是她过去认识的那个人。那个时候，我才把这个盖茨比和当年她白色跑车里坐着的那个军官联系了起来。

等乔丹·贝克讲完上面的故事，我们离开广场饭店已经有半个小时了，两人正乘坐一辆维多利亚敞篷马车从中央公园穿过。此时太阳已经落到了西五十几号街那些电影明星居住的高高的公寓楼后面，孩子们像蟋蟀似的扎堆来到草地上，他们清脆的声音在沉闷的暮色中回响：

我是阿拉伯的酋长，

你的爱只在我身上。

夜里当你睡得正香，

我悄悄爬进你闺帐——

“这可真是奇怪的巧合啊。”我说。

“其实这根本不是什么巧合。”

“为什么不是呢？”

“盖茨比买那所房子，就是因为黛西住在海湾的对面嘛。”

这么说，他在六月的夜晚仰望的不仅仅是天上的星星了。盖茨比在我眼里突然有了鲜活的生命，从那毫无意义的挥洒财富的奢侈生活里脱离了出来。

“他想知道，”乔丹继续说，“你可否哪天下午请黛西去你家做客，然后让他过来坐一坐。”

他的要求如此微乎其微，让我十分吃惊。他苦等了五年，买下了那座豪宅，把灿烂的星光施与那些来去自由的不速之客——为的只是哪天下午去一个陌生人的花园里“坐坐”。

“我只有知道这一切，他才会托我办这点小事吗？”

“他害怕了，因为他等得太久了。他怕你会不乐意。你看，他其实真的很执着。”

我还是有点儿疑虑。

“他为什么不请你安排一次会面呢？”

“他要让黛西看看他的房子，”她解释说，“而你的房子正好就在隔壁。”

“哦！”

“我猜想他原本是希望哪个晚上她会光临他的宴会，”乔丹继续说，“但她从始至终没有去过，他就开始假装无意地问人家认不认识她，而我是他第一个找到的人。就在那晚的舞会上，他请人叫我过去，可惜你没在场听到他是如何费尽心思才拐弯抹角地转入正题，我当时立马建议去纽约一起吃午餐——没想到他着急得要发疯了：‘我可不做什么出格的事情！’他一再强调，‘我只在隔壁见见她就好。’”

“后来我说你是汤姆的好朋友，他就打算放弃这个计划。他不怎么了解汤姆，即使他说连续几年他都订一份芝加哥报纸，只为偶尔能看到黛西的名字。”

此时天已经黑了，马车穿过一座小桥，我伸出胳膊揽着乔丹金黄色的肩膀，把她拉到我怀里，邀她共进晚餐。

那一瞬间，我心里不再想着黛西和盖茨比，而是想着这个单纯、健美、有点笨笨的女孩，她对任何事物都存有疑问，现在却快乐地依偎在我的臂弯里。一句激动人心的警句在我耳畔响起：“偌大的世界，也只有追求者和被追求者，忙碌的人和疲倦的人。”

“黛西的生活应该有些安慰。”乔丹对我低语道。

“她愿意见盖茨比吗？”

“她还不知道内情。盖茨比不想让她知道。你只邀请她去喝茶就可以了。”

我们经过一排黑黝黝的树木，就到了五十九号街的高楼前，柔和的灯光照进了下面的公园。与盖茨比和汤姆·布坎南不同，我没有什么情人，当然不会在黑漆漆的屋檐和闪亮的招牌中看到隐现的面庞，于是我把身边的姑娘拉得更近，搂得更紧了。她那苍白而轻蔑的嘴角咧出一抹微笑，于是我把她搂得更紧了，这次让她贴着我的脸。

第五章

那天夜晚回到西半岛的时候，有那么一小会儿我担心是我的房子着火了。都已经凌晨两点钟了，半岛的一端仍如白昼般亮堂，亮光照在灌木丛上，不像实实在在存在的事物，连路旁的电线也被照出几条细长的闪光。转过弯，我才发现这原来是盖茨比的豪宅，从塔楼到地窖都灯火通明。

最初我以为又是在开宴会，一次狂欢的盛会，把别墅全部敞开，让大家玩“捉迷藏”或者“活捉沙丁鱼”的游戏。但四周无声无息的。只有风舞在树间，吹动着电线，使得灯光忽明忽暗，仿佛整个别墅在对着黑夜眨眼。当出租车嘎吱嘎吱地开走后，我看到盖茨比穿过他家的草坪走向我。

“你家看上去像在开世界博览会似的。”我说。

“是吗？”他心不在焉地回头望了一眼，“我刚去几间房子里看了看。咱们去康尼岛玩吧，老兄。坐我的车子去。”

“时间不早了。”

“好吧，那我们去游泳池里泡一泡怎么样？今年夏天我还没用过呢。”

“我该休息了。”

“那好吧。”

他等待着，眼巴巴地看着我。

“我和贝克小姐聊过了，”过了一会儿我才说，“我明天给黛西打电话，请她来这里喝茶。”

“哦，好啊，”他漫不经心地说，“我不想给你添麻烦。”

“哪天对你合适？”

“哪天对你合适？”他急忙纠正，“我不希望给你带来什么不便，你应该清楚。”

“后天怎么样？”

他考虑了一会，吞吞吐吐地说：“我想让人把草坪修整一下。”

我们俩都低头看了看草地——我家的草坪参差不齐，他家的大草坪修剪地整整齐齐的，中间有一道明显的分界线。我猜他是指我家的草坪。

“还有一件小事。”他含糊地说，有些犹豫不定。

“你是希望推后几天吗？”我问道。

“哦，跟那个没什么关系，至少……”他笨拙地不知该怎么开口，“呃，我在想……啊，老兄。你赚的钱不是很多吧？”

“不太多。”

这句话似乎让他放下心来，于是他信心大增地继续说下去。

“我猜测你赚得不多，倘若你不介意的话——你知道，我顺便做点小生意，算是副业吧，你应该能理解。我想你既然挣钱不多——你在卖证券，对吧，老兄？”

“我还在学习怎么做。”

“那你也许会感兴趣。它不会占用你太多时间，你就可以赚上一大笔钱。这恰巧是一件相当机密的事情。”

此时我意识到，要是发生的场合恰当，这次谈话可能会是我生活中的一个转折点。然而他明显是为了感谢我的帮助，这个建议提得如此直接和唐突，我别无他法，只能打断他的话。

“我最近太忙了，”我说，“十分感谢你，但我无法接手更多的活儿了。”

“你无须和沃尔夫山姆有什么来往。”显然他认为我不喜欢午饭时提到的那种“关系”，可我告诉他他误会了。他又等了一会，希望我再找个话题聊聊，但我的心思完全不在这里，没再搭理他，因此他也就极不情愿地回家去了。

这一晚的约会让我感到很快乐，有些飘飘然。估计我一进家门就沉沉入睡了，所以我不知道盖茨比最终去没去康尼岛，或者他又花了多少个小时在灯光璀璨中“随便看看房间”。第二天早上，我在办公室给黛西打了电话，邀请她过来喝茶。

“不要带汤姆来。”我提醒道。

“什么？”

“不要带汤姆来。”

“谁是‘汤姆’啊？”她装作无知地问。

约好的那一天下起了滂沱大雨。上午十一点，一个穿着雨衣、拖着一架割草机的男人，敲门说是盖茨比派他来割草的。这让我想起来，我忘记告诉芬兰女佣回来帮忙了，所以我只好开车到西半岛，在湿漉漉的白石灰墙小巷子里找她，顺便买些茶杯、柠檬和鲜花。

花买的多余了，因为下午两点钟，从盖茨比家送来各式各样的花草，还有数不清的花瓶。一小时后，大门被人焦急地打开了，盖茨比身穿白色法兰绒西装和银色衬衫，系着金色的领带，匆匆忙忙地走进来。他面无血色，还有黑眼圈，很明显昨晚没睡好。

“所有的事情都准备就绪了吗？”他进门就问。

“草坪修得很漂亮，如果你指这个的话。”

“什么草坪？”他迷茫地问，“哦，你家的草坪。”他往窗外看去，从他的表情，我敢肯定他什么也没看到。

“看上去很棒，”他含糊地说，“报纸上说四点左右雨会停，好像是《纽约日报》说的。喝茶需要的东西你都备齐了吗？”

我带他去了厨房，他不满地看了看那个芬兰女佣。我们又一起仔细看了看从甜食店里买来的十二块柠檬蛋糕。

“这可以吗？”我问道。

“行！当然行！很好！”接着他又机械地补了一句，“老兄！”

三点半左右雨渐渐小了，凝成了湿湿的雾气，夹杂着几滴像露水似的小雨滴。盖茨比翻着克莱的《经济学》，一副心不在焉的样子。每次听到芬兰女佣踩动厨房地板发出的声音，他就一惊，不时地向模糊的窗外望去，仿佛外面正在发生一系列看不见却令人忧心的事情。最后他站起来，用迟疑的声音告诉我，他要回家了。

“为什么回家？”

“没人来喝茶。都这么晚了！”他看了看自己的手表，好像其他地方还有要紧事等着他解决呢。“我不能等上一整天。”

“别犯傻了，还有两分钟才到四点钟。”

他哭丧着脸坐下来，就像我强迫他似的，就在这时，从我家巷子里传来汽车引擎的声音。我们俩都跳了起来，然后我自己也有些紧张地跑到院子里。

院里尚未开花的紫丁香树还在滴水，一辆加长的敞篷汽车沿着汽车道开了上来。车停了下来，黛西戴着一顶三角形的浅紫色帽子，斜翘着脸庞，带着明朗而欣喜的笑容看着我。

“你确实住在这里吗，我最亲爱的表哥？”

她那美妙的声音在雨中听了让人神清气爽。我首先会倾听她那抑扬顿挫的声音，接着才能听懂她说的意思。一缕被雨水打湿的秀发紧贴着她的面颊，看上去像是被抹了些许蓝色的颜料。就在搀她下车时，我发现她的手也被晶莹的雨珠淋湿了。

“你是爱上我了吗，”她在我耳边悄悄地说，“否则怎么只让我一个人来呀？”

“这是雷克兰特古堡的秘密。吩咐你的司机远远地待着，一小时之后再来。”

“弗迪，你过一个小时再来吧。”然后她严肃地低语，

“他叫弗迪。”

“汽油影响到他的鼻子了吗？”

“我觉得没有吧，”她天真地问，“为什么这样说？”

我们走进屋。令我诧异的是，客厅里空无一人。

“啊，这下滑稽了。”我大声说。

“什么滑稽？”

就在这个时候，有人轻轻庄重地敲了一下门，她转身去看。我走过去，打开门。原来是盖茨比，他面如死灰，手揣在上衣兜里，口袋里像有沉重的东西似的，双脚站在一摊水里，神色悲惨地盯着我的双眼。

他的手依然揣在上衣兜里，然后他从我身边大步走过，像受牵线控制似的，猛地一转身，走进客厅不见了。这一丁点也不好笑。我的心也猛烈地跳个不停。雨又下大了，我伸手关上了大门。

大概有半分钟，屋里鸦雀无声。接着我听到客厅里传来了哽咽似的低语声和偶尔的笑声，然后就听到黛西响亮而做作地说：“我们又见面了，真是太高兴了。”

又是一阵沉默。时间久得令人恐慌。我在门厅里没什么事情可做，只好走进客厅。

盖茨比两手依然揣在上衣兜里，身体斜靠在壁炉架上，勉强让自己显得悠然自得，甚至有点枯燥无味。他的头向后仰着，都已经碰到了一台失灵的壁炉钟的钟面了。他就保持这个姿势，用心神错乱的眼神凝视着黛西，她神色惊恐却优雅地坐在一张硬背椅子的边缘。

“我们之前认识。”盖茨比嘀咕了一句。他朝我瞥了一眼，咧着嘴想笑却没笑出来。还好就在此时，那台钟承受不了他的压力，要摇摇欲坠了，他急忙转过身，用颤抖的手把钟扶正放好。然后他直挺挺地坐在了沙发上，胳膊肘撑在沙发的扶手上，手心托住下巴。

“很抱歉，碰到钟了。”他说。

我的脸也涨得通红，像被热带炽热的太阳晒过一样。纵使脑海里有千万句客套的话，现在也想不起来。

“这台钟很旧了。”我呆呆地告诉他们。

我猜那会儿大家都觉得那台钟已经在地板上摔得粉碎了。

“我们很多年没见了。”黛西说，她尽可能地保持语气平和。

“到十一月就有整整五年了。”

盖茨比这种不假思索的回答让我们愣了至少一分钟。我灵光一现，提议他们去厨房帮我准备下午茶，两人都站起身来，可此刻我那幽灵似的芬兰女佣用托盘把茶端了进来。

在忙手忙脚地递茶杯和送蛋糕之后，我们之间建立了一种秩序。盖茨比退到了一边，我和黛西交谈时，他就小心谨慎地来回看着我们俩，神色慌张而闷闷不乐。但是，保持平静并不是他今天到这的目的，我就找了个借口，起身要走。

“你要去哪儿？”盖茨比立即惊慌地问。

“我马上就回来。”

“你走之前，我想和你说几句话。”

他发了疯似的随我走进厨房，关上门，压低声音痛苦地说：“啊，天哪！”

“怎么了？”

“这是个可怕的错误，”他不断地摇着头说，“大错特错。”

“你只是有点难为情，如此而已。”我补充道，“黛西也是。”

“她也难为情吗？”他不可置信地重复了我的话。

“同你一样难为情。”

“说话声音小点。”

“你的行为简直就像个孩子，”我不耐烦地说，“不仅这样，你还特别没礼貌。黛西独自坐在那里呢。”

他举起手打断了我的话，用责备的眼神看了我一眼，那眼神我至今都难以忘记。接着他便小心谨慎地打开门，走回了客厅。

我从后门走出去——半个小时前盖茨比也正是从这里出去，紧张兮兮地绕着房子转了一圈——走到一棵黑黝黝的大树下，这棵树盘枝错节，枝繁叶茂，像是一块挡雨的帆布。雨又开始下大了，我那参差不齐的草坪，虽然被盖茨比的园丁修剪得整整齐齐，但现在也是布满了坑坑洼洼的泥潭，就像史前的沼泽地一样。从树底望去，除了盖茨比那巨大的豪宅之外，也没什么可看的，于是乎我就这么盯了半个小时，就像康德凝视着他的教堂尖塔一样。这座房子是一位酿酒商在十年前的“仿古热”初期建造的，据说只要邻近的别墅主人愿意在屋顶铺上稻草，他就替他们支付五年的税款。没准是他们的拒绝致命地打击了他那“创建家园”的宏图——他很快就一蹶不振了。吊唁的花圈还挂在门上时，他的子女们就卖掉了房子。美国人虽然偶尔愿意当农奴，但是绝不肯当乡下佬的。

半小时后，太阳又出来了，食品店的送货汽车开上盖茨比家的车道，给他的用人送来做晚餐需要用的食材——我敢确定他一口也吃不下。一个女佣开始打开楼上的窗户，每打开一扇，就停留片刻，然后，她从正中间的大窗户探出身，心有所想地向花园里啐了一口。我应该回去了。刚才的雨淅淅沥沥地下着，就像是它们在窃窃私语，时不时地随着感情的波动而变得激昂。但现在外面一片寂静，我想屋里也该平静下来了。

我走了进去——我在厨房里制造一切可能的声响，就差把炉子打翻了——但我相信他们任何声响都没听到。他们两人坐在沙发的两端，聚精会神地望着对方，好像什么问题被提出了，或者悬而未决，二人间再也没有丝毫的尴尬。黛西脸上满是泪水，看我走进来，赶忙对着镜子用手帕把脸擦干。盖茨比身上却发生了不合乎常理的变化，使人感到困惑不已。他简直就是光彩照人，虽然没有什么表示欣喜的言语或行为，但他浑身散发着的幸福，洋溢在我那间小小的客厅中。

“嗨，你好啊，老兄。”他说道，就像是多年未见一样。那一刻，我以为他准备同我握手哩。

“雨已经停了。”

“是吗？”等他反应过来我说的意思，又看到屋里阳光灿烂，他就微笑起来，像气象预报员，又像是光芒守护神，欣喜地将消息汇报给黛西，“你觉得怎么样，雨已经停了。”

“我很高兴，杰伊。”她的声音哀婉动听，可流露出的却是意想不到的欢喜。

“我想邀请你和黛西一起去我家里，”他说，“我很想带她四处转转。”

“你真的邀我一块去吗？”

“千真万确，老兄。”

黛西去楼上洗脸——我突然想起我的毛巾不够体面，太羞愧了，可惜已经来不及了——盖茨比和我在草坪上等她。

“我的房子看着很不错，是不是？”他问道，“你瞧，阳光映照在整座房子的正面。”

我很赞成，房子的确美极了。

“是的。”他的目光扫过每一扇拱门和每一座方塔，“我只用了三年时间就赚到买房子的钱了。”

“我以为你的钱是继承来的。”

“确实是，老兄。”他下意识地说，“但在大恐慌时我亏掉了一多半——就是战争引起的那次大恐慌。”

我觉得他都不知道自己在说什么，因为当我问到他做的是什么生意时，他回答：“不关你的事儿。”话说完了他才发现这个回复太不恰当了。

“哦，我做过好几种类型的生意，”他改口说，“我做过药品生意，后来做过石油生意。不过现在这两行我都不干了。”他比较专注地看着我。“这么说你在考虑前天晚上我提的建议了？”

没等我回答，黛西就从屋里走了出来，衣服上的两排铜纽扣在阳光的照射下亮闪闪的。

“是那个巨大的房子吗？”她用手指着大声问。

“你喜欢吗？”

“我很喜欢，但我不明白你怎么单独一个人住在那？”

“无论白天还是黑夜我都会请很多有趣的客人，他们做的事情很有意思，还有些名人。”

我们没有沿着海边走近路去，而是沿着大路，从巨大的后门进去的。黛西忘我地欣赏着在蓝天衬托下的中世纪城堡那黑色的轮廓，用她那迷人的轻柔嗓音称赞着她看到的一切，赞美花园里长寿花的芳香四溢，山楂花和梅花的淡淡清香，还有淡金色吻别花的芬芳香味。走到大理石台阶前，令人感到异样的是没有了穿着光鲜艳丽的人出出进进，只能听到树上的鸟儿在鸣叫。

进了里面，我们缓步穿过玛丽·安托万内特式的音乐厅和王政复辟时期风格的小客厅，我感觉每张沙发和桌子后面都藏着客人，他们奉命凝神屏息，静静地等待我们走过去。当盖茨比关上那“默顿学院图书室”的门时，我敢发誓我听到那个戴猫头鹰眼镜的人发出了幽灵似的笑声。

我们上了楼，经过一间间古色古香的卧室，里面铺着玫瑰色和淡紫色的绸缎，摆满了五颜六色的鲜花，还经过了更衣室、台球室和装有地下浴池的浴室——其间我们还进入了一间卧室，里面有一个蓬头垢面的男子穿着睡衣在地板上做俯卧撑。他就是所谓的“房客”克利普斯普林格先生。那天早上我看到他在海滩上灰头丧气地徘徊。最后我们来到了盖茨比自己的套房，有卧室、浴室和一间小书房。我们在书房坐下，他从壁橱里拿出查特酒让我们喝了一杯。

他的眼神时时刻刻都离不开黛西，我猜想房子里所有的东西，都会根据他所钟爱的黛西的眼神反应，重新被估量价值。有时，他自己也环视四周，茫然地望着自己的财物，仿佛黛西神奇地出现在他身边，其他的一切都不真实了。甚至有一次，他差一点从楼梯上摔了下去。

他的卧室，相比其他屋子，是最简朴的一间——除了梳妆台上那套纯金的梳妆用具。黛西拿起梳子，高兴地顺了顺她的头发，引得盖茨比先生坐下来，手遮着眼睛笑了起来。

“这真是太好笑了，老兄，”他不停地笑着，“我忍不住……我试着……”

他的精神状态明显经历了两个阶段，此时正在进入第三个阶段。最初他是局促不安，接着万分欣喜，现在又过于震惊她能出现在自己的眼前。这是他朝思暮想、念念不忘的事情，他咬牙坚持着苦苦等待，感情浓烈的让人难以置信。此时，由于反作用力，他像发条上的太紧的时钟一样崩溃了。

片刻后，他恢复了精神，打开两个风格考究的大衣橱，里面全是他的套装、晨衣和领带，还有像砖头一样摞起来的有一打高的衬衣。

“我在英国请了人帮我买衣服。每到春秋两季，他都会选好衣服给我寄过来。”

他抱出一堆衬衫，一件件地扔到了我们面前，有纯亚麻布的、厚丝绸的、细法兰绒的。五颜六色的衬衣散落了一桌子。我们欣赏的期间，他又陆续拿来更多的衣服，那堆柔软而昂贵的衣服越堆越高——条纹的、花纹的、格子的、珊瑚红、苹果绿、淡紫色、浅橙色，还有把他姓名的交织字母用蓝色丝线绣上去的。突然，黛西忍不住叫了一声，把头埋在衬衣堆里，开始号啕痛哭。

“这些衬衣太好看了，”她哽咽着说，在厚厚的衣服堆里，她的声音都哑了，“我感到很难过，因为我从来没见过这么——这么漂亮的衬衫。”

参观完房子，我们原本要去看庭院和游泳池、水上飞机和夏日的繁花——但窗外又下起了雨，于是我们三人站成一排，远眺波澜壮阔的海面。

“倘若没有雾，我们可以看到对岸你家的房子，”盖茨比说，“你家码头的末端，总有一盏绿灯，通宵不灭地亮着。”

黛西蓦地伸手挽住他的胳膊，可他好像还沉浸在他方才说的话里。也许他突然明白，绿灯代表的重要意义已经永远消失了。他和黛西相隔着遥远的距离，与此相比，那盏绿灯离她很近，近得几乎能触摸到她，就像星星和月亮一样，中间只有咫尺之遥。可现在，它只不过是码头上的一盏灯而已。令他痴迷的宝物此后便少了一件。

我在屋里随意走着，在半明半暗的光线里观察各式各样模糊不清的摆件。他书桌前的墙上，挂着一幅巨大的照片，照片上是一个身穿游艇服的上了年纪的男人。

“这是谁？”

“那个吗？那是丹·科迪先生，老兄。”

这个名字像是在哪里听说过。

“他已经逝世了。曾经，他是我最好的朋友。”

床头柜上还有张盖茨比穿着游艇服的小照片——他昂着头，一副无惧无畏的表情——那明显是在他十八岁左右时拍的。

“我喜欢这张照片，”黛西惊叹道，“庞帕多发型！你从没说你留过庞帕多发型！也没告诉过我你有一艘游艇。”

“快来瞧，”盖茨比急忙说，“这儿有很多剪报——全是关于你的。”

他们俩肩并肩站着翻看那些剪报。我正准备请他拿出收藏的红宝石让我们欣赏欣赏，电话突然响了，盖茨比拿起了听筒。

“是的……噢，现在不方便和你谈这个……现在不方便，老兄……我指的是一个小城市……得啦，如果底特律就是他所谓的小城市，那他对我们来说毫无用处……”

他挂了电话。

“快到这儿来！”黛西在窗边喊道。

雨还没有停，但西方的乌云已经散开，粉红色和金色的云霞在海湾的上空翻腾着。

“看那儿，”她轻柔地说，过了片刻又说，“我真想摘下一朵粉红色的云彩，把你放到上面，推着你来回转圈儿。”

此时我想要告辞了，但他们怎么也不答应。也许因为我的存在，他们才能更加心安理得地待在一起。

“我知道接下来该干什么了，”盖茨比说，“我们让克利普斯普林格弹钢琴吧。”

他走出房间喊“艾温”，几分钟后，一个难为情的、面带倦容的年轻人跟在了盖茨比身后，他戴着一副玳瑁边眼镜，一头稀稀疏疏的金黄色头发。现在他穿着一件敞领的运动衫、一双运动鞋和一条让人分不清颜色的帆布裤子，得体多了。

“我们刚才打扰您运动了吗？”黛西客气地问。

“我正在睡觉，”克利普斯普林格先生困窘地说，“我是说，原本我在睡觉。之后就起来……”

“克利普斯普林格先生会弹钢琴，”盖茨比打断他的话，“是吧，艾温，老兄？”

“我弹得不好。我不……我压根就不会弹。好久没有练……”

“我们去楼下。”盖茨比打断他的话。他按下一个开关。整个房间一下变得亮堂起来，昏暗的窗户都消失了。

在音乐厅里，盖茨比打开钢琴旁一盏孤零零的台灯。

他颤抖着手点燃火柴并为黛西点着香烟，然后和黛西一同坐在了房间另一端的长沙发上，那里除了地板上从过道里反射过来的微弱灯光外，没有其他光线。

一曲《爱情的安乐窝》弹奏过后，坐在长凳上的克利普斯普林格转过身，怏怏不快地在昏暗中寻找盖茨比。

“我很久没有练习了，你看。我说过我不能弹。我长时间没弹……”

“别多说了，老兄，”盖茨比命令道，“接着弹吧！”

“每日清晨，

每日夜晚，

我们玩得尽兴……”

外面呼呼地刮起了风，海湾上隐约传来雷声。此时西半岛已是灯火辉煌，从纽约出发的电动火车载满乘客，冒着风雨归来。这是一个人发生深刻改变的时刻，空气中洋溢着激奋的情绪。

有件事千真万确，不可置疑，

富人生财，穷人只会生……孩子。

在此期间，

在此之间……

当我走过去告别的时候，我发现盖茨比脸上又有了那种困惑的表情，仿佛他不确定他现在拥有的幸福是真是假。几乎历经五年！那天下午，一定会有某一瞬间，黛西远远没有他想的那么美好——其实并不是说她做错了什么，而是由于他的幻想过于生动鲜活。这种幻想已经超越了黛西，超越了一切事物。他投入了他全部的热情来创造这个幻想，不时地为它添枝增叶，将每一件绚丽美好的东西都拿来装饰它。再似火的热情和充沛的活力也抵不上一个久寂的内心堆积起来的如潮水般的情愫。

在我注视着他的时候，看得出他也在调整自己以适应现实。他伸手紧握黛西的手。她在他耳边低语了些什么，他听后立即激动地转向她。我猜想最让他陶醉的是那迷人的声音，那婉转悦耳、热情活泼的嗓音，纵使是在梦里，也不会被超越——那声音是一支永恒的歌。

他们完全把我忘记了，不过黛西抬起头看了我一眼，伸出手来告别。而此时的盖茨比一点儿也不认识我了。我又一次回头看了看他们，他们也回头看着我，遥远地如同不在一个世界，他们沉醉在浓烈的感情之中。随后我走出屋子，下了大理石台阶，走进雨里，留下他们两人在一起。

第六章

就在这段时间的一个早晨，一位雄心勃勃的年轻记者专门从纽约跑到盖茨比家门口，请他说些什么。

“关于什么话题的？”盖茨比礼貌地问道。

“呃——随便说说就行。”

就这样糊里糊涂地聊了五分钟后，盖茨比才搞清楚了事情的原委。原来这个年轻记者是在报社里听人提起过盖茨比的名字，可他却不肯透露为什么会提到盖茨比，也许他自己也不清楚。恰好他这一天休息，就积极敬业地赶来“看看”。

这只不过是来碰碰运气，但这位记者的直觉却是对的。那年夏天，千百个接受过他热情款待的客人都在到处宣扬，纷纷成为他身世的权威发言者，盖茨比的名气越来越大，就要成为新闻人物了。坊间各种传言，就连“去往加拿大的地下管道”都和他扯上了关系；还有一个流传许久的说法，就是他压根不住在房子里，而是住在一艘外表像房子的船上，神秘地在长岛沿岸游弋。至于为何北达科他州的詹姆斯·盖兹能乐在其中，答案就不得而知了。

詹姆斯·盖兹——这是盖茨比的真名，起码是他法律上的名字。改名字的那年他十七岁，那也是他这辈子事业初开的特定时刻——当时他看到丹·科迪的游艇在苏必利尔湖最险恶的沙洲上抛锚。那天下午穿着破旧的绿色运动衫和帆布裤沿着沙滩游荡的是詹姆斯·盖兹，之后划着借来的小船到“托洛美号”旁提醒科迪，半小时之内可能会刮大风吹翻他的游艇的，就是杰伊·盖茨比了。

我估计他早就准备好要换这个名字了。他的父母是碌碌无为、穷困潦倒的农民——他自己也从来没有把他们当成亲生父母。事实上，西半岛的杰伊·盖茨比来源于他自己的柏拉图理念。他是天之骄子——如果这个称号有什么含义的话，那就是它字面的意思——所以他必须效力于他的天父，为了一种宏伟、世俗、华而不实的美而献身。他所幻想的杰伊·盖茨比恰好是一个十七岁男孩所能想象到的，而他也自始至终地忠于这个理想的形象。

有一年多的日子，他都沿着苏必利尔湖的南岸讨生计，他捕过鲑鱼，捞过蛤蜊，干任何能解决温饱食宿的杂活。他那被晒得黝黑、结实的身体，自然而然地度过了一个个

跳舞着的流水呀，在你途中的泥沙，要求你的歌声、你的流动呢。你肯挟瘸足的泥沙而俱下吗?

光明如一个裸体的孩子，快快活活地在绿叶当中游戏，它不知道人是会欺诈的。

时而紧张又时而清闲的日子。他很早就开始和女人们交往，由于这些女人对他宠爱有加，他反倒看不起她们。年轻的处女愚昧无知，成熟的女人常常因为他做的某件事情而情绪失控，但在他这个过度自以为是的人看来，他做那些事情完全是理所应当的。

但他的内心却时时处于狂躁不安的状态。夜晚，当他在床上躺着时，各种不切实际的怪异想法纷纷来扰。呈现在他脑海里的是一个绚丽得难以言表的浮华世界，而已然不再是脸盆架上嘀嗒嘀嗒的时钟，以及如水的月光浸透着的被他扔在地上的乱七八糟的衣服。每晚他都为自己的幻想添枝增叶，直到浓浓的倦意袭来，让他在生动鲜活的幻境中沉沉地入睡。有一段时间，这些幻梦给他丰富的想象力提供了一个发泄的途径：它们让人心满意足地接受它的暗示，即现实是不真实的，世界是牢牢地建立在仙女的翅膀上的。

就在这之前的几个月，为了追求他未来的锦绣前程，他自发地到明尼苏达州南部路德教会创办的小圣奥拉夫学院学习。他只在那里待了两周，原因之一是那里对他如鼓声般跌宕起伏的命运以及命运本身表现出来的漠不关心，令他大失所望；原因之二是他也不屑于通过干勤杂的工作来支付学费。后来他四处飘荡，最后又回到了苏必利尔湖，也就是那天他还在想找点儿什么活干的时候，他发现丹·科迪的游艇在湖边的浅滩上抛锚了。

那年科迪五十岁，他的生意涉及内华达州的银矿、育空地区以及 1875 年以来每个发现矿藏的地区。他在蒙大拿州做的铜矿生意让他发了好几百万的横财，此后他的身体虽然壮实，但头脑却糊涂了。数不清的女人们在察觉到这种情况后，费尽心机想把他的钱弄到手。一个叫埃拉·凯的女记者利用他的弱点，扮演成德曼特农夫人，鼓动他乘游艇航海，这成了 1902 年各大报刊争相报道的新闻。他沿着各地海岸航行了五年，受到了各地居民的热情接待，就在这一天他驶入了少女湾，由此成为詹姆斯·盖兹命运的转折点。

当年轻的盖兹双手支着船桨，抬头望向围着栏杆的甲板时，那艘游艇在他眼里象征着世上全部的美丽与魅力。我猜他对科迪笑了——他也许早已发现他的笑容很讨人喜爱。无论怎样，科迪问了他几个问题（其中一个引出了他的新名字），然后发现他机智灵敏且有雄心壮志。几天后，科迪带他去了德卢恩城，给他买了一件蓝色制服、六条白色帆布裤子和一顶游艇帽。就在“托洛美号”启程前往西印度群岛和巴巴平海岸的时候，盖茨比也随船一道去了。

他在科迪手下干活，也没什么特定的职务——他先后当过服务生、助手、船长、秘书，甚至当过监守，因为清醒时的丹·科迪知道喝醉了的自己任何挥金如土的傻事都干得出来，所以为了防止这些意外事故的发生，他越来越依赖盖茨比。这种关系持续了五年，那艘游艇绕了美洲大陆三圈。若不是在波士顿的一个夜晚，埃拉·凯上了船，之后的一个星期，丹·科迪突然悲凉地离开人世，这艘游艇原本可能会无限期地环游大海。

我还记得挂在盖茨比房间里的科迪的照片，那是一个头发花白、气色红润的老先生，有着一张面容坚毅却内心空虚的脸——沉湎酒色的美国早期拓荒者的典型形象，这一批人处在美国社会生活的某个阶段，把西部妓院和酒馆里的粗暴野蛮带到了东部沿海地区。盖茨比不怎么喝酒，这间接上是科迪的功劳。在欢乐的宴会上，有时会有女人把香槟揉进他的头发里，他却早就养成了滴酒不沾的习惯。

他本可以从科迪那里继承一大笔钱——二万五千美元的遗赠。可是他一分钱也没有得到。他一直也没弄懂人家是怎么利用法律途径来对付他的，以致几百万的财产全都进了埃拉·凯的口袋。而他获得了十分适合他的教育：杰伊·盖茨比原本那模糊的形象，现已变得越来越真实，成了一个血肉丰满的男人了。

这一切都是他很久之后才告诉我的，我在这里写出来是为他辟谣，最初那些关于他身世的荒唐传言，都是无中生有，毫无根据。还有就是，他告诉我这一切的时候，正处于一个让人混乱的状态，那时我正对他的种种传闻疑信参半。因此就像是趁着盖茨比喘息的时候，我利用这个间歇，澄清一下误解，以免混淆视听。

那时我和他的交往也暂时停止了。连续好几个星期我既没有见到他，也没接到他打来的电话——其间大多数时间我都在纽约和乔丹到处闲逛，与此同时卖力地讨好她那年迈的姑妈——但最终我还是去了盖茨比家，在一个星期日的下午。我去了还不到两分钟，只见有人带着汤姆·布坎南进来喝一杯。我当然十分吃惊，不过真正让人震惊的是汤姆竟然是第一次来到这里。

他们结伴的三个人是骑马来的——汤姆、一个姓斯隆的男人和一个穿着棕色骑马装的漂亮女人，她以前来过这里。

“见到你们我很高兴，”盖茨比站在门廊上说，“欢迎你们光临。”

仿佛他们在乎盖茨比是否欢迎呢！

“请坐，请坐。来抽只香烟或者雪茄吧。”他在屋里忙来忙去，按铃叫来用人，“马上就给你们送点喝的来。”

汤姆的到来让他十分诧异。反正只有招待了他们，他的局促感才能减轻一点，而且他也隐约地感觉到这些人来就是为了歇歇脚喝杯水。斯隆先生什么也不喝。来杯柠檬汁？不喝，谢谢。那来点香槟吧？什么都不喝，谢谢……对不起……

“你们骑马一路上很开心吧？”

“这附近的路很好走。”

“我猜想这汽车……”

“是啊。”

这时盖茨比不由自主地转过脸看着汤姆，刚才介绍时，汤姆只当彼此是初次见面。

“我们以前在哪儿见过面的，布坎南先生。”

“噢，是啊，”汤姆声音生硬却也礼貌地说道，很明显他根本不记得，“我们见过面的，我记得很清楚。”

“大概是两周以前。”

“对啦。当时你和尼克在一块儿。”

“我认识你太太。”盖茨比继续说，言语中带有挑衅的味道。

“是吗？”汤姆扭过头来问我。

“你住在这附近吗，尼克？”

“就住在隔壁。”

“是吗？”

斯隆先生没参与谈话，而是傲慢地靠在他的椅子上。那个女士也一声未吭——喝了两杯加冰的威士忌后，她突然打开了话匣子。

“盖茨比先生，下次我们都来参加你的宴会吧，”她建议道，“你觉得怎么样？”

“当然好，你们能来，我非常高兴。”

“那很好，”斯隆先生毫无感谢之意，“呃——我看应该回家了。”

“请不要这么匆忙地走。”盖茨比劝说他们。现在他已经镇静下来了，他想对汤姆有更多的了解。“你们为何不——你们为何不留下来吃晚饭呢？说不准纽约还有其他人会来。”

“还是你来我家吃晚饭吧，”那位太太热忱地说，“你们两人都来。”

她也请了我。斯隆先生站起来。

“走吧。”他说——不过只是对那位女士说的。

“说真的，”她坚持说，“我很希望你们来。地方足够大。”

盖茨比犹豫地看着我。他想去，可他没看出来斯隆先生决心不让他去。

“我恐怕不能去。”我说。

“那好，你来吧。”她极力邀请盖茨比一个人。

斯隆先生在她耳边窃窃私语了一会儿。

“现在出发的话，一点儿也晚不了。”她大声地坚持己见。

“我没有马，”盖茨比说，“我曾经在部队里骑过马，可自己从来没有买过。我只能开车同你们去了。很抱歉，请稍等我一下。”

我们剩下的人走到外面门廊里，斯隆和那位太太在旁边开始激烈地交谈。

“天哪，他真的要去，”汤姆说，“难道他看不出来她不是真的想让他去吗？”

“她说让他来的嘛。”

“她今晚举行的盛大宴会，他去了谁也不会认识。”他眉头紧皱地说，“真是纳闷，他是在什么鬼地方认识黛西的。天晓得，可能我的思想不够开放，但现在的女人四处露面，我可看不顺眼。她们会遇上千奇百怪的人。”

斯隆先生和那位太太突然走下台阶，上了他们的马。

“走吧，”斯隆先生对汤姆说，“我们已经晚了，快点走吧。”接着对我说，“请告诉他，我们没时间再等他了，好吗？”

汤姆和我握手道别，其余的两个人和我冷冷地点了下头，他们就骑着马沿着车道一溜小跑，很快就在八月的树荫里消失得无影无踪了。这时，盖茨比从大门里走了出来，手里拿着帽子和一件薄大衣。

汤姆显然不放心让黛西独自外出参加活动，因为接下来的那个星期六晚上，他陪黛西一起来参加盖茨比的宴会了。可能是他的到场使得那次宴会的气氛出奇的沉闷——和那个夏天盖茨比的其他宴会截然不同，所以我记忆深刻。宴会上还是那些人，至少是同一类人，同样有数也数不清的香槟美酒，同样的五彩缤纷，同样的沸沸扬扬，但我却觉得空气中弥漫着不愉快的气氛，是之前未曾有过的不和谐。或许是我已经习惯这一切，认为西半岛自成一派，有它特定的标准和了不起的人物，它鹤立鸡群，因为谁和它比都会显得逊色，而现在我却以黛西的眼光重新审视着一切。从新的角度去看待你费了很大力气才适应的事物，难以避免地会让人感到悲伤。

黄昏时分，他们才来，当我们漫步在几百名珠围翠绕的客人中时，黛西又展现出她那委婉动听的嗓音。

“这种环境真让我兴奋不已，”她低声说，“要是你今晚想吻我，尼克，你随时都可以告诉我，我很情愿为你安排。只要喊我一声，或者出示一张绿色的请帖。我正在发绿色……”

“看看四周吧。”盖茨比建议道。

“我正在向四处看。我真是非常……”

“那你一定能看到许多早已有所耳闻的人物。”

汤姆高傲地向人群里扫视一番。

“我们平时不怎么外出，”他说，“其实我刚才觉得这里并没有认识的人。”

“可能你认识那位小姐。”盖茨比指着一位端坐在白梅树下的美若天仙的女子说。汤姆和黛西目不转睛地盯着，认出这是一位只有在银幕上才能见到的大明星，两人流露出难以置信的表情。

“她太美了。”黛西说。

“弯着腰站在她身边的是她的导演。”

盖茨比隆重地向他们介绍一群又一群的客人。

“这位是布坎南夫人……这位是布坎南先生，”犹豫了片刻，他又补充说，“马球健将。”

“噢，不，”汤姆急忙否认，“我可不是。”

可盖茨比明显喜欢这样称呼他，因为那天晚上汤姆就一直是“马球健将”。

“我还没见过这么多的名人，”黛西惊呼道，“我喜欢那个人……他的名字是什么来着？——就是鼻子略微发青的那个人。”

盖茨比说了那人叫什么，而且还提及他是个小制片人。

“哦，反正我就是喜欢他。”

“我宁可自己不是马球健将，”汤姆愉悦地说，“我宁愿以……以一个普通人的身份看这些有名的人。”

黛西和盖茨比跳起了舞。我当时看到他优雅地跳着老式狐步舞，十分惊奇——在此以前我从没见过他跳舞呢。后来他俩闲逛到我家，在台阶上坐了半个小时，而我则在黛西的要求下，待在园子里望风。“万一发生火灾或是水灾呢，”她解释道，“或者什么天灾。”

我们正准备坐下吃晚餐时，被我们遗忘了的汤姆不知从哪儿钻了出来。“不介意我和那边的几个人吃饭吧？”他说，“那边有个家伙说话很有趣呢。”

“去吧，”黛西亲切地说，“假如你想记下什么人的地址，这是我的小金铅笔。”……片刻后，她向四周望望，对我说那个女孩“俗气但很漂亮”，因此我明白她除了和盖茨比单独待在一起的半小时外，其余时间玩得并不开心。

我们这桌人都喝得醉醺醺的。这都是我的错——盖茨比被叫去接电话了，而两周前我认识这些人的时候，还觉得他们很有意思。但是当初让我觉得有意思的东西，此时已经变得枯燥乏味了。

“你觉得怎么样，贝达克小姐？”

我问候的这个女孩正想慢慢倒在我肩上，听到我这么问，她立刻坐起身来，睁开双眼。

“什么？”

一个懒洋洋的大块头女人，之前一直劝说黛西明天陪她去本地俱乐部打高尔夫球，现在又为贝达克小姐说起话来了：“哎呀，她没什么事。她每次喝上五六杯鸡尾酒，总是这样大喊。我和她说过别再喝酒了。”

“我没喝多。”被数落的女孩无力地辩解道。

“那次我们听到你又喊又叫的，所以我就对希维特医生说：‘这儿有个人需要你的帮助，医生。’”

“我相信她很感激你，”另一位朋友用毫不感激的口气说，“但你把她的头按到游泳池里时，她的衣服也全都湿了。”

“我最讨厌别人把我的头按到游泳池里了，”贝达克小姐嘀咕着，“有一次在新泽西我差点被他们淹死。”

“那你就不该喝酒嘛。”希维特医生反驳道。

“还是说说你自己吧！”贝达克小姐声嘶力竭地喊道，“你的手抖个不停，我才不会让你开刀做手术！”

大概就是这样的情形。我最后记得的就是和黛西站在一起看着那位导演和他的明星。他们依然在白梅树下，要不是中间隔着一线薄薄的月光，两张脸就要贴在一起了。我怀疑他大概整个晚上都在缓慢地弯腰靠近这位女明星，直到现在才贴得这么近，就在我注视的这一瞬间，我看到他最后向下弯了一点儿，吻上了她的脸颊。

“我喜欢她，”黛西说，“我认为她很漂亮。”

但其余的一切都令她反感——而且这是不容辩解的，因为她并不是反感某个姿态，而是整体上的一种情感。她厌恶西半岛，由于百老汇的加入，让这个长岛渔村成了前所未有的“胜地”——她厌恶那种在早期斯文礼仪下呈现出的粗俗野蛮，厌恶当地的居民在突兀命运的带领下，总想沿着一条捷径取得成功，而最终却还是一无所有。她正是在这种无法理解的简单现象中看到了可怕的一面。

我陪他们坐在大门前的台阶上等着车子开过来。这里很暗，只有从敞开的大门射出的十平方英尺的亮光。楼上化妆间的遮帘后不时有人走过，人影绰绰，众多的女宾客们对着一面从外面看不到的镜子浓妆艳抹。

“这个姓盖茨比的究竟是什么人？”汤姆突然气势汹汹地问道，“一个大私酒走私犯？”

“你从哪儿听说的？”我问道。

“这不是听来的。是我自己猜测的。许多这种暴发户其实都是大私酒走私犯，你知道的。”

“盖茨比可不是这种人。”我简洁地说。

他沉默了一小会儿。汽车道上的小石子被他踩得咔嚓咔嚓作响。

“呃，他一定费了很大的劲儿才聚集了这么一帮千奇百怪的人。”

一阵微风轻轻吹过黛西那毛茸茸的灰皮领子。

“怎么也比我们认识的人有趣多了。”她有点牵强地说。

“你刚才好像也不感兴趣啊。”

“我当然感兴趣了。”

汤姆哈哈笑了，扭头看着我。

“那个女孩请黛西给她冲个冷水澡的时候，你注意到黛西脸上的表情了吗？”

黛西开始跟着音乐有节奏地轻轻唱了起来，她声音沙哑，每一个字都唱出了一种过去不曾有过，将来也不会再有的意义。她婉转的歌声随着曲调的高低变化而改变，如同女低音的歌声一样悠扬动听，而且随着她抑扬顿挫的嗓音，她温婉的魅力挥洒在空气中。

“不请自来的人很多，”她突然开口说，“那个女孩就没被邀请。他们就直接闯进来，他太客气了，不好意思拒绝他们。”

“我想搞清楚他是什么人，干什么的，”汤姆坚称，“我一定要查个清清楚楚。”

“现在我就能告诉你，”她答道，“他是开药房的，他开了许多药店，而且全都是他一手创办起来的。”

那辆姗姗来迟的豪华轿车沿着车道向我们开来。

“晚安，尼克。”黛西说。

她的目光从我身上转移到了灯光灿烂的最高一层台阶，一曲当时流行的优雅而略带伤感的小华尔兹舞曲《凌晨三点钟》从前门飘荡而出。终究，只有在盖茨比轻松自由的聚会上才能找到各种浪漫的可能性，而这在她的世界中是完全缺乏的。那首动听的曲子似乎就吸引得她想要回去呢。现在这昏暗的、不可预知的时间段里将会发生什么事情呢？

会有一位不可置信的客人光临晚会，一位国色天香的佳人，一位靓丽动人的少女，只要她把目光投向盖茨比，目光交织的神奇瞬间就能把这五年来盖茨比对黛西矢志不渝的爱情一笔抹掉。

那个晚上我待了很久，盖茨比要我等他有时间时聊聊天，于是我在花园里漫步，直到最后一群到海里游泳的客人们情绪激动地从黑漆漆的沙滩哆哆嗦嗦地跑上来，直到楼上客房的灯光全都熄灭。他才终于从台阶上走下来，他那晒得黝黑的皮肤在他的脸上绷得更紧了，明亮的眼睛略带倦意。

“她不喜欢今天的宴会。”他立即说。

“她当然喜欢啦。”

“她不喜欢，”他坚持说，“她玩得不怎么开心。”

他沉默不语了，我猜他大概有说不出的满腹郁闷。

“我感觉我和她之间隔着遥远的距离，”他说，“很难让她理解我的想法。”

“你指的是舞会的事吗？”

“舞会？”他打了一下响指，仿佛把开过的所有舞会就这么抹掉了，“老兄，舞会是无足轻重的。”

他对黛西的要求不过就是希望她能直接对汤姆说：“我

从来没有爱过你。”等她用这句话一笔勾销掉他们四年的婚姻后，他们俩就可以研究接下来应该采取什么必要的行动了。其中的一个步骤就是，等她恢复了自由身，他们就会重返路易斯维尔，她会重新从她家里出嫁——如同五年前一样。

“但是她不理解，”他说，“她以前是可以理解的。我们经常能在一起待上好几个小时……”

他突然闭口不言了，沿着一条荒芜的小路走过去，路上满是果皮、丢弃的小礼物和踩烂的鲜花。

“还是不要对她要求太高了，”我冒失地说，“人是回不到过去的。”

“回不到过去？”他不以为然地喊道，“哪儿的话，我当然可以！”

他暴躁地四处张望，仿佛过去就隐藏在他房子的阴影里，触手可及。

“我要把一切都变成过去的样子，”他边说边坚定地点点头，“她会看到的。”

他侃侃而谈，说了许多过去的事情，我猜测他是想找回一些什么东西，可能关于他自己的想法，就是那些想法促使他和黛西进入热恋。从那以后，他就过着一片狼藉的生活，要是他能回到某个起点，慢慢地重新梳理，他就能明白那东西究竟是什么……

五年前一个秋天的夜晚，那是树叶凋落的季节，他们俩漫步在街道上，走到一处没有树的地方，皎洁的月光把人行道照得如白昼般光亮。他们停下脚步，彼此注视着。天气凉爽，空气中洋溢着夏秋两季变换时玄妙的兴奋感。家家户户安静的灯火，仿佛在向屋外的黑暗吟唱，天上的星星也不停歇地闪烁着。盖茨比从他眼角的余光看到，一段段的人行道构成一架梯子，直达树上某个神秘的地方——如若他独自攀爬，他就能爬上去，然后就能吮吸生命的琼浆，大口大口地喝那无与伦比的乳汁。

随着黛西白皙的脸庞越来越贴近他的脸，他的心跳也越来越快。他知道只要他吻了这个女孩，他那些难以言喻的愿景就会和她短暂的呼吸永远相伴，然而他的心灵就再也不会像上帝的心灵一样纵横驰骋了。所以他等了一会儿，想再倾听一下音叉在星星上被敲响的声音。然后他吻了她。他的嘴唇一碰到她，黛西就像鲜花般为他盛开，于是他就实现了化身，成为一个凡人。

他的倾诉，甚至他那黯然的伤感，让我想起了什么……某个曲子中虚无缥缈的节奏和几句零零落落的歌词，好像在什么地方听过。有那么一会儿，有句话就到嘴边了，我的双唇像哑巴一样张开，仿佛除了一缕受惊的空气，还有什么东西在上面挣扎着要出来。但我怎么也发不出声音，连同我那就要想起来的东西，也永远不可言传了。

第七章

正当人们对盖茨比的好奇之心涨到了顶点时，有个星期六的夜晚，他别墅里的灯光反常地没有亮起来——他作为特里马尔乔的生涯，如同当初莫名其妙地开始，现在又莫名其妙地结束了。后来我发现一批批充满期待的人，停留片刻就败兴而返了。我担心他生病了，所以就走去他家看看——一个面带凶相的陌生男管家站在门口，怀疑地斜眼看着我。

“盖茨比先生生病了吗？”

“没有。”过了一会儿，他又心不甘情不愿地补了一句“先生”。

“我有段时间没见到他了，有点担心。告诉他卡洛维先生来过。”

“谁？”他粗暴地问。

“卡洛维。”

“卡洛维。知道了，我会转告他的。”

接着他砰地一下就把门关上了。

听我的芬兰女佣说，盖茨比一周前就解聘了家里所有的用人，另外雇了六个人，他们从不为商贩们的回扣而去镇上买东西，而是打电话订购为数不多的生活用品。据送货的食品店伙计说，盖茨比家的厨房看上去又脏又乱如同猪圈，镇上的人也都认为新雇来的这一帮人根本就不是什么用人。

第二天，盖茨比打来了电话。

“你准备出门吗？”我问。

“没有，老兄。”

“我听说你解聘了所有的用人。”

“我得用些不爱说闲话的人。黛西最近常来——基本是下午。”

原来只因为黛西的看不顺眼，这座大酒店就像纸牌搭的房子一样倒塌了。

“他们是沃尔夫山姆想帮忙给找点活儿的人。他们都是兄弟姐妹，以前开过一家小旅馆。”

“我明白了。”

他是受黛西的嘱托打电话来的——问我明天可不可以去她家吃午饭。还说贝克小姐也会去的。半小时之后，黛西亲自打来电话，得知我愿意去后，好像有所释然。一定是出了什么事。然而我无法相信他们会选择这样一个时机来大干一场——特别是盖茨比先前在花园里勾画的令人尴尬的场面。

第二天暑热难耐，尽管夏天就要结束了，然而那天无疑是夏天中最热的一天了。我乘坐的火车穿过隧道驶入阳光里时，只有全国饼干公司热辣的汽笛声划破了正午炎热的寂静。车厢里的稻草垫子几乎就要自燃了。我旁边坐着一个妇女，最初还优雅地让汗水渗透衬衣，后来她手里的报纸也被汗水浸湿了，她便长吁短叹着，绝望地往后一倒。她的钱包啪的一声，掉在了地上。

“哎呀！”她惊叹道。

我懒洋洋地弯下腰，捡起来钱包，手捏着钱包的一个角，把手伸得远远地，表明我并无什么非分之想——可身边的每个乘客，其中包括那个女人，全都怀疑我有不正当的意图。

“真热啊！”售票员对他熟悉的乘客说，“这鬼天气……太热了！太热了……太热了……你们觉得热吗？热不热呀？你觉得……”

我拿到递还回来的月票时，看到上面已经留下了他黑色的汗渍。在这酷热的天气里，哪有人在意他亲吻过谁的红唇，哪个姑娘湿了他胸前的睡衣口袋!

……我和盖茨比站在布坎南家门口等着开门时，从门厅吹出一阵微风，传来了电话的响声。

“需要我家主人的尸体？”男管家对着话筒大声嚷着，“很抱歉，太太，我们没法提供——今天中午实在是热得受不了，碰也碰不了！”

其实，他真正想表达的意思是：“好的……好的……我去瞧瞧。”

他放下听筒，朝我们走来，热汗淋淋地接过我们的硬壳草帽。

“太太在客厅里等着两位呢！”他边嚷边毫无必要地指着方向。在这酷热的天儿，任何多余的动作都是在浪费生命的能量。

由于屋外安有遮阳篷,屋里没有太阳的照射很是阴凉。黛西和乔丹躺在巨大的沙发上，如同两尊银像，为避免电扇那呼呼的风把衣裙吹起，她们各自压着。

“我们动弹不了。”她们俩不约而同地说。

乔丹那晒得黝黑的手指上搽了一层爽身粉，在我的手心里放了一会儿。

“我们的运动高手托马斯·布坎南先生呢？”我问道。

就在这个时候我听到了他那粗鲁、低沉略带沙哑的声音，正在门厅里接电话。

盖茨比站在绯红色的地毯中间，饶有兴趣地来回张望。黛西看着他，发出了那甜蜜、动听的笑声，细细的一丝香粉从她的胸口飘了出来。

“有传闻说，”乔丹压低嗓音说，“打来电话的正是汤姆的情人。”

我们都沉默不语。门厅里的那个人不耐烦地提高了嗓门：“很好，我压根儿不准备把车卖给你……我又不欠你什么人情……我真是无法忍受你在午饭时间打电话来骚扰我！”

“故意挂电话时讲的。”黛西嘲讽地说。

“不是的。”我解释给她听，“这笔生意千真万确。我恰巧了解这件事。”

汤姆猛地把门推开，他那厚实的身躯瞬间把门口堵得严严实实，接着便匆忙走进屋里。

“盖茨比先生！”他适当地掩饰了对他的厌恶，伸出那宽大而扁平的手，“见到您真高兴，先生……尼克……”

“给我们点儿冷饮喝吧！”黛西大声说。

汤姆离开屋子后，她站起身走到盖茨比身边，把他的脸捧到自己面前，亲了他的嘴。

“你知道我爱你。”她喃喃地说。

“别忘了还有一位女士在场呢。”乔丹说。

黛西装作疑惑地回过头看看。

“你也可以亲亲尼克啊。”

“真是个低俗的女孩子！”

“我才不管呢！”黛西大声地说，随后便在砖砌的壁炉前跳起舞来。之后她想起了天气太热，便困窘地坐到沙发上，就在这个时候，一个穿着整洁的保姆领着一个小女孩走进屋里。

“亲爱的——宝贝，”她一边嗲声嗲气地说，一边张开双臂，“来最疼你的妈妈这里。”

保姆一松手，孩子就从门口跑过来，害羞地一头栽进母亲的衣裙里。

“我亲爱的宝贝！哎呀，妈妈有没有把粉弄到你黄黄的头发上？来，站起来和客人说声‘你好’。”

盖茨比和我轮流弯下腰来，拉了拉孩子勉强伸出的小手。然后他的眼睛一眨不眨地盯着那孩子看。我猜在这之前他根本没相信过这个孩子的存在。

“我在午饭前就穿好衣服了。”孩子说完，急切地看着黛西。

“那是因为妈妈想要在大家面前展现你。”她低下头亲着小女孩白皙的小脖子，“你这个小天使。你这个独一无二的小天使。”

“是啊，”小女孩自然而然地应道，“乔丹阿姨也穿了一件白衣裳。”

“你喜欢妈妈的朋友吗？”黛西让她转向盖茨比，“你觉得他们好看吗？”

“爸爸去哪儿了？”

“她长得不像汤姆，”黛西解释道，“她长得像我。头发和脸型都和我一样。”

黛西往后一仰靠在沙发上。保姆走上前去，伸出手来。

“来吧，帕米。”

“再见，宝贝！”

这个很有教养的小女孩恋恋不舍地回头看了一眼，抓着保姆的手，就被拉出了门，就在这时，汤姆领着端了四杯杜松子利克酒的用人回来了，杯子里装满了叮当作响的冰块。

盖茨比端起一杯。

“这酒必然足够凉。”他说，看起来有些紧张。

我们如饥似渴地大口大口喝着酒。

“我在哪里看到过，说太阳会一年比一年热，”汤姆平和地说，“还说地球将会掉进太阳里去——呃，等一下——恰好相反——太阳是一年比一年冷。”

“去外面吧，”他对盖茨比提议，“我想带你参观一下。”

我随他们走到外面的阳台上。在碧绿的海湾上，海水在炽热中滞留不动，一艘小帆船缓缓地向前方海域移动。盖茨比注视了一会儿这艘船，举起手，指着海湾的对岸。

“我就住在你的对面。”

“还真是。”

我们的视线掠过玫瑰花圃，掠过热辣辣的草坪以及大热天堆在海滩边的杂草。那艘小船的白帆正缓缓地向湛蓝清凉的天际驶去。前面是像贝壳似的海面和魅力群岛。

“那有适合你的运动，”汤姆点着头说，“我真想和他一起玩上一个小时。”

我们是在餐厅吃的午饭，里面很阴凉，不管内心是否紧张，我们还是在欢乐的气氛里喝着凉爽的啤酒。

“咱们今天下午干什么好呢？”黛西大声说，“还有明天呢，以后的三十年呢？”

“不要这么忧郁嘛，”乔丹说，“等到转秋，天高气爽，生活就会重新开始。”

“但这天要热死人了，”黛西坚持说，就要流下眼泪了，“一切都那么杂乱无章，咱们去城里吧！”

她的声音在热浪中挣扎、冲击，把没有知觉的热气塑出形状来。

“我听说有把马厩改成车库用的，”汤姆对盖茨比说，“但是把车库改成马厩用的，我可是第一人。”

“有人愿意进城去吗？”黛西不死心地问道。盖茨比把视线慢慢转移到她身上。“啊，”她喊道，“你看着真酷啊。”

他们的眼神交织在一起，眼睛一眨不眨地盯着对方，就像其他一切都不存在。她好不容易才把视线转到餐桌上。

“你一直都那么酷。”她重复道。

她刚才说她爱他，现在汤姆·布坎南也看出来了。他那么惊讶。他微微张着嘴，看看盖茨比，又看看黛西，仿佛才意识到他和黛西很久之前就认识。

“你跟广告里的一个人长得很像，”她无所察觉地接着说，“你知道广告上那个人……”

“好啦，”汤姆马上打断了她的话，“我相当乐意去城里。走吧——我们一起去城里吧。”

他站起身来，眼睛还是在盖茨比和他妻子之间瞅来瞅去。没人起身。

“走呀！”他有点儿动怒，“到底怎么回事？要进城的话，那就走呀。”

他极力克制着自己的怒气，用微微发抖的手拿起杯子，将剩下的啤酒一饮而尽。黛西召唤我们起来，大家都走到了外面，站在滚烫的石子车道上。

“我们就这么走了？”她不赞成，“就这样？怎么也应该让人抽支烟再走吧？”

“吃饭的时候大家自始至终都在抽烟。”

“哦，你开心点儿，”她恳求他，“这么热的天，就不要争论了。”

他没说话。

“随你怎么样，”她说。“来，乔丹。”

她俩去楼上做准备，剩下我们三个男人站在那里，用脚拨动着地上滚烫的鹅卵石。此时，西边的天空已经悬着一轮银月了。盖茨比准备张口说话，但又改变了主意闭上了嘴，但汤姆已经转过身来，等他开口。

“你的马厩在这儿吗？”盖茨比将就地问。

“需要沿着这条路走大约四分之一英里。”

“哦。”

接着是一阵沉默。

“真搞不懂为什么要进城去，”汤姆气冲冲地说，“女人总是突发奇想些……”

“咱们带点儿喝的吧？”黛西站在楼上的窗边朝楼下大喊。

“我去拿点儿威士忌吧。”汤姆回答。他去屋里了。

盖茨比生硬地面向我说：“在他家我没法开口说话，老兄。”

“她说话不够慎重，”我说，“话音里满是……”我停顿了一下。

“她话音里满是金钱味。”他突然说。

恰如其分。我之前一直找不到合适的词形容。黛西的话音里的确充满了金钱味——这就是她发出抑扬顿挫、充满无尽魅力的声音的源泉，金钱如银铃般叮当作响，如铙钹般齐声合奏……她是白色宫殿里居高临下的公主，黄金之身……

汤姆从屋里走出来，手里拿着用毛巾包裹起来的瓶子，装着一夸脱酒。黛西和乔丹跟在他身后，两人头上紧戴一顶亮晶晶的小帽子，用薄纱披肩遮住手臂。

“咱们都坐我的车走吧？”盖茨比提议。他摸了摸晒得热辣辣的绿皮座椅，说：“我该把它停在阴凉的地方的。”

“你的车用的是标准排档吗？”汤姆问道。

“是的。”

“不错，咱们换着车开去城里。”

盖茨比对这个提议不满意。

“汽油大概不够了。”他表示反对。

“汽油足够多。”汤姆粗声粗气地说。他瞅了瞅油表。“要是没汽油了，我随便找个药店停下来就行。现在的药店，什么都能买得到。”

听了这句毫无意义的话，大家都缄口不言了。黛西眉头紧蹙地看着汤姆，盖茨比脸上拂过一种无法言喻的表情，有些陌生，又有些熟悉，好像这种表情以前只听别人用语言描述过。

“走吧，黛西，”汤姆边说边用手推着黛西朝盖茨比的车子走去，“让我开着这辆马戏团的花车载着你。”

他开了车门，然而黛西挣脱了他的臂弯。

“你带尼克和乔丹吧。我们开小轿车跟着你们。”

她走近盖茨比，用手摸了摸他的上衣。我、乔丹和汤姆坐进了盖茨比汽车的前排座位，汤姆试着扳了扳不熟悉的排档，然后我们就冲入了扑面而来的热浪中，将他们甩得无影无踪。

“你们看出来了吗？”汤姆问。

“看出来什么？”

他眼神锐利地看着我，看出我和乔丹一直就知道。

“你们觉得我傻，对吧？”他说，“可能我有点儿傻，但有时候我有——可以说是第二视觉，它会告诉我该怎么做。你们也许还不相信，但科学……”

说到这儿他停住了。眼前的事情迫在眉睫，把他从理论的深渊拽了出来。

“我对这个家伙做了一个小小的调查，”他接着说，“我本来可以调查得更深入些，如果我知道……”

“你是说你找了巫师吗？”乔丹打趣地问。

“什么？”他看着我们哈哈大笑，疑惑地说，“巫师？”

“去问盖茨比的根底呀。”

“问盖茨比的根底！不，我没有。我刚才说我已经对他的身世做过小小的调查了。”

“最后你发现他毕业于牛津大学。”乔丹帮腔说。

“毕业于牛津大学！”他根本不相信，“就凭他那熊样！他还穿着粉红色的衣服。”

“那他也还是上过牛津大学。”

“新墨西哥州的牛津镇吧，”汤姆不屑一顾地哼道，“要不就是诸如此类的破地方。”

“我说，汤姆，你既然如此看不起人家，干吗还请他到家里吃午饭啊？”乔丹气呼呼地质问他。

“是黛西请的。她在我们结婚前就认识他了——天知道在哪里认识的！”

现在啤酒的酒劲也过去了，我们都有点躁动，大家也都意识到了，便沉默地开了一会儿车。当我看到大路前方出现了T·J·埃克尔堡医生黯淡的眼睛，我想起来盖茨比说过汽油不够用的事情。

“剩下的汽油足够支撑我们开到城里。”汤姆说。

“但这里恰好有家修理厂，”乔丹表示反对，“我可不想车在这种能把人烤干的天气里抛锚。”

汤姆不耐烦地踩了两边的刹车，车子扬起一阵尘土，接着便猛地停在了威尔逊的招牌下面。过了片刻，老板从汽修厂里面走出来，目光呆滞地看着我们的车。

“给我们加点儿油！”汤姆粗声粗气地喊道，“我们把车停在这儿做什么——欣赏风景吗？”

“我生病了，”威尔逊一动不动地说，“这一天都不舒服。”

“怎么弄得？”

“我身体垮掉了。”

“难道要我自己动手加油？”汤姆质问道，“你刚刚在电话里听着还不错啊。”

威尔逊费力地离开门口的阴凉处，喘着粗气拧下汽油箱的盖子。在太阳的照射下，他的脸色发青。

“我不是故意在你吃午饭的时候打扰你的，”他说，“但是因为我实在急需用钱，所以我想知道你要怎么处理那辆旧车。”

“你看看这辆怎么样？”汤姆问，“我上周刚买的。”

“这黄色轿车真漂亮。”威尔逊边说边紧拉着把手。

“想买吗？”

“是个好机会，”威尔逊虚弱地笑了笑，“不想买，但是我能在另一辆车上赚些钱。”

“你突然急需钱要干吗？”

“在这里待的时间足够久了。我想离开这儿。我和我老婆想搬到西部去。”

“你老婆想去？”汤姆惊讶地叫道。

“她说想去，都说了十年之久了。”他倚着加油泵休息了片刻，用一只手遮在眼睛上挡着太阳，“现在无论她想不想去，我都要带她去。我得让她离开这儿。”

黛西坐的那辆小轿车飞驰而过，扬起一阵尘土，车上有人挥了挥手。

“多少钱？”汤姆粗暴地问。

“就这两天我才发觉身体不舒服，”威尔逊说，“这就是我想离开这里的原因，也是我为了那辆车子打扰你的原因。”

“多少钱？”

“二十。”

灼热的热浪烤得我头脑都不清醒了，我首先觉得很不舒服，接着才意识到，迄今为止威尔逊还没有怀疑过汤姆。他发现梅特尔背着他有了另外的生活，他大为震惊，一下子就病倒了。我看了看他，又看了看汤姆，还不到一个小时前，汤姆也发现了同样的事情——我突然有所感悟，人与人之间无论是智力高低还是种族不同带来的差异，都不如患病的人和健康的人二者间的差异那么显而易见。威尔逊病得很重，看起来像犯了罪似的，犯了无法宽恕的罪行——就像他刚刚搞大了哪个无知少女的肚子。

“我会把那辆车卖给你，”汤姆说，“明天下午就派人送过来。”

那地方总是隐隐约约让人有种惶恐不安的感觉，即使是在阳光普照的午后。仿佛有人提醒我背后有什么东西似的，我转过头去。在灰堆上方，依旧能看到T·J·埃克尔堡医生那巨大的双眼，但过了一会儿，我突然察觉到二十英尺以内的地方，还有一双眼睛正全神贯注地盯着我们。

在汽修厂上面，有扇窗户稍微拉开了一点儿窗帘，梅特尔·威尔逊正站在窗边向下窥视着我们的车。她是那么的聚精会神，根本没有意识到有人在看她，一个接着一个的表情呈现在她的脸庞，就像冲印照片时图像渐渐显现在底片上一样。她的表情让人觉得出奇地熟悉——这种表情我总是在女人的脸上看到，但是梅特尔·威尔逊脸上呈现出这个表情，似乎无缘无故又令人费解，接着我明白了，她那因为嫉妒和惊恐而瞪得大大的眼睛盯着的不是汤姆而是乔丹·贝克，原来她把乔丹误认为是他的妻子了。

一旦让一个头脑简单的人陷入慌乱，那就非同寻常了。等我们开车离开的时候，汤姆惊慌失措，如同受到了炙烤过的鞭子的抽打。一小时前，他的妻子和情妇还对他忠心耿耿且无人可侵，现在却出其不意地要与他背道而驰。他本能地猛踩油门，既想追上前方的黛西，又想摆脱身后的威尔逊，于是我们以五十英里的时速飞奔去阿斯托里亚。在高架铁桥上蜘蛛网般交织的钢架间，我们才追上那辆悠然前行的蓝色小轿车。

“第五十号街附近的大电影院很凉爽，”乔丹提议，

“我喜欢夏日午后的纽约，街上行人稀少。有一种快感——熟透了的感觉，仿佛会有各式各样奇异的果实落在你手里。”

“快感”这两个字使得汤姆更加惶恐，他还来不及找到反对的理由，小轿车已经停下来了，黛西打着手势示意和他们并排停靠。

“我们去哪里？”她喊道。

“去看电影吧？”

“太热了，”她抱怨着，“你们去看吧。我们兜会儿风，再和你们碰面。”她又牵强地说了两句打趣的话：“咱们约好在一个路口会合。你们要是看到抽了两支香烟的人，那就是我。”

这时车后有辆卡车司机不停地发出喇叭声，“咱们不要在这里争论了。”汤姆不耐烦地说，“你们跟着我，去中央公园的南边，就在广场前面。”

他多次回过头看他们的车有没有跟上，要是他们遇上堵车受到耽搁，他就缓速前行，等他们赶上来。我觉得他是害怕他们会拐进哪条小巷子，在他的生活里永远消失。

但他们并没有那么做。接下来的举动更让人理解不了——我们在广场饭店租用了一间套房的客厅。

走进屋子后，那场漫长而又喧闹的争论也就结束了，至于到底吵些什么，我已经完全没有印象了，但我清晰记得的是在这个过程中，我的内衣像一条湿淋淋的蛇顺着我的大腿爬，不时渗出的汗水过一会儿就变得冰凉，从后背流淌下来。这个主意起初是黛西提出来的，她建议我们租五间浴室冲个冷水澡，后来又提出了更为具体可行的方案——“找个地方喝杯冰镇薄荷酒”。我们都颠来倒去地否决每个新提议，说这是个“馊主意”——接着大家便纷纷开口，弄得服务生左右为难，我们自以为或者装作很风趣的样子……

房间虽然宽敞，但却很闷热，即使现在是下午四点了，开窗后刮进来的还是从公园灌木丛而来的热风。黛西走到镜子前，背对我们站着，整理她的头发。

“这个套房好高级啊。”乔丹毕恭毕敬地轻声说，惹得大家哈哈大笑。

“再打开一扇窗户。”黛西头也没回就命令道。

“已经没窗户可开了。”

“那我们打电话让人送把斧头——”

“不要再喊热了，”汤姆不耐烦地说，“像你这样喋喋不休只会热上加热。”

他把那瓶用毛巾包着的威士忌取出来放到桌上。

“为何不由着她呢，老兄？”盖茨比评论道，“要求进城的人是你。”

大家都缄默不语。挂在钉子上的电话簿突然啪的一声滑落在地上，乔丹低声地说：“对不起。”可这次没有人笑了。

“我来捡。”我抢着说。

“我捡起来了。”盖茨比细细地看了看那根断开的绳子，饶有兴趣地“哼”了一声，把电话簿扔到了椅子上。

“那是你称心如意的口头禅吗？”汤姆尖酸地说。

“什么？”

“干什么都是‘老兄老兄’的。你是从哪儿学来的？”

“你听好了，汤姆，”黛西边说边转过身，“要是你准备进行人身攻击，我片刻也不留在这里。打电话叫服务员送点儿冰镇薄荷酒。”

汤姆刚拿起电话，压抑而闷热的空气中突然传出声音来，门德尔松的《婚礼进行曲》那扣人心弦的旋律从楼下的舞厅传过来。

“居然有人在这么热的天结婚！”乔丹无精打采地说。

“然而——我就是在六月中旬结的婚！”黛西回忆着，“六月在路易斯维尔！还有一个人昏过去。谁昏倒了，汤姆？”

“毕洛克西。”他简短地回答。

“就是叫‘毕洛克西’的人。他是‘木头人’毕洛克西，做盒子的——事实如此——他来自田纳西州的毕洛克西市。”

“他被抬到了我家，”乔丹补充说，“因为我家和教堂之间只隔着两户人家。他赖着待了三个星期，最后还是我爸将他赶走的。他走后第二天，我爸爸就去世了。”片刻后，她又补充了一句，“不过这两件事情没有什么联系。”

“我以前也认识一个叫比尔·毕洛克西的家伙，是来自孟菲斯的。”我说道。

“那是他的表亲。他走之前我对他的整个家史都相当了解。他送了我一根铝制的轻击棒，我到现在还用它打高尔夫球呢。”

婚礼一开始，音乐声就停了，现在从窗口飘进来的是一阵持续不断的欢呼声，随后就是断断续续的“好啊——好啊——”的叫喊声，最后爵士乐响起，舞会宣告开始。

“我们都老了，”黛西说，“我们如果还够年轻，现在就会起身跳舞。”

“别忘了我们还在说毕洛克西。”乔丹警告她，“你在哪儿和他认识的，汤姆？”

“毕洛克西？”汤姆仔细想着，“我不认识他。他是黛西的朋友。”

“才不是呢，”黛西矢口否认，“在那之前我根本没有见过他。他是坐你包的车来的。”

“对了，他还说认识你。他说他是在路易斯维尔长大的。阿莎·伯德在火车要开动的最后一刻，把他带进来，问是否有地方让他坐。”

乔丹笑了笑。

“他可能是为了搭免费便车回家。他和我说，他是你们上耶鲁大学时的班长。”

汤姆和我茫然地对视了一眼。

“毕洛克西？”

“首先，我们根本就没有班长……”

盖茨比的脚焦躁地连敲几下地板，汤姆突然看着他。

“顺便问问，盖茨比先生，我听说你毕业于牛津大学。”

“不能完全那么说。”

“哦，是的，我听说你上过牛津。”

“是的，我上过。”

他们沉默了一会儿。接着就是汤姆满是怀疑和侮辱的声音：“你是在毕洛克西上纽黑文时上的牛津吧。”

又是一阵沉默。一个服务生敲门，端进来捣碎的薄荷叶和冰块，但直到他说完“谢谢”并轻轻关上房门，屋里的沉默也没有打破。这个起着巨大作用的细节就要被澄清了。

“我刚才说了我去过那儿。”盖茨比说。

“我听到了，可我想知道确切的时间。”

“在1919年，我在那里只待了五个月。所以我不能自称是牛津大学的毕业生，这就是原因。”

汤姆扫视了一圈，想看看我们是不是也有与他一样的怀疑。但我们都看着盖茨比。

“那是停战后他们提供给某些军官的机会。”他继续说，“我们可以选择上英国或者法国的任何一所大学。”

我真想起身拍拍他的肩膀。我再一次觉得对他可以完全信任，如同以前一样。

黛西站起来，轻轻一笑，走到桌子边。

“把威士忌拧开，汤姆。”她命令道，“我给你调杯冰镇薄荷酒。那样你就不会做蠢事了……瞧瞧这些薄荷叶！”

“慢着，”汤姆怒声喝道，“我还有一个问题要问盖茨比先生。”

“请吧。”盖茨比礼貌地回应。

“你在我们家到底想掀起什么风波？”

他们最后还是把话挑明了，正中盖茨比的下怀。

“他没掀起风波，”黛西绝望地来回看着他们俩，“掀起风波的是你。请你克制一点儿。”

“克制！”汤姆无法相信地重复道，“如果现在最时髦的事情是不闻不问，让来历不明的张三李四和你老婆调情。哼，要是那才算时髦，你可以把我除外……这年头人们开始对家庭生活和家庭制度不屑一顾了，接下来就要抛弃一切，让黑人和白人通婚了。”

他激动得涨红了脸，满口胡言乱语，自以为是独自守卫着文明的最后一道屏障。

“我们这里全是白人啊。”乔丹嘀咕着。

“我知道你们不是很喜欢我。我没有举办大型宴会。在这个现代社会，非得把自己的家弄成猪圈才能交到朋友。”

虽然我觉得很气愤，我们都觉得很气愤，但他一开口说话，我就不禁想笑。一个浪荡子居然摇身变成了一本正经的道学先生。

“我也有话和你说，老兄——”盖茨比开始说。黛西猜到了他企图说什么。

“请不要说！”她无奈地打断了他的话，“大家都回家吧。我们为何不回家呢？”

“好主意。”我站起来说，“走吧，汤姆。没人想要喝酒。”

“我倒想看看盖茨比先生要和我说什么。”

“你的妻子并不爱你，”盖茨比说，“她从没爱过你。她爱的是我。”

“你绝对是疯了！”汤姆脱口而出。

盖茨比激动地跳了起来。

“她从来没爱过你，听到了吗？”他喊道，“她之所以会和你结婚，只是因为当时我很穷，她等我等得厌烦了。那是一个可怕的错误，但在她心里，只爱过我一个人！”

此时我和乔丹都想走，可汤姆和盖茨比争相拦下我们，非要我们留下——仿佛两人都光明磊落，没有任何秘密，仿佛间接地体验他们的感情也是我们的一种荣幸。

“坐下，黛西，”汤姆尽力装出父亲对女儿说话的口吻，但一点儿也不成功，“这是怎么回事？我想知道前因后果。”

“我已经和你说过是怎么回事了，”盖茨比说，“都五年了——你不知道而已。”

汤姆猛地转向黛西。

“你和这个家伙来往了五年？”

“没来往。”盖茨比说，“我们没法见面。但在这整个期间我们都互相爱着彼此，老兄，你却压根不知道。我常常会笑”——可他眼里毫无笑意——“因为你一无所知。”

“哦——原来就这些。”汤姆像牧师似的把他那粗指头拍合在一起，往椅背上一靠。“你疯了吧！”他破口大骂，“五年前发生了什么我说不着，因为我那时还不认识黛西——可我真他妈的搞不明白你是如何接近她的，不然你就是往她家后门送食品的杂货店伙计。其余你说的话全他妈的是胡言乱语。我们结婚的时候她爱我，现在她也爱我。”

“不。”盖茨比摇摇头说道。

“无论你怎么说，她确实是爱我的。问题也就是她有时会有些愚蠢的想法，做一些她自己也觉得莫名其妙的事。”他很有远见地点点头，“更重要的是，我也爱黛西。就算偶尔我会狂欢作乐，做点傻事，但我总会回头，心里爱着的人始终是她。”

“你太令人恶心了。”黛西说。她转向我，压低声音，屋里充满了她激愤的嘲讽：“你知道我们为什么要离开芝加哥吗？我真是好奇怎么没人给你讲讲他那次小小的寻欢作乐。”

盖茨比走到她身边站着。

“黛西，那些事全都结束了，”他诚挚地说，“现在一切都无所谓了。只需告诉他真相——你从未爱过他——

所有的事情就一笔勾销了。”

她迷茫地看着他：“对啊——我怎么会爱他——可能吗？”

“你从未爱过他。”

她犹豫不定，她满眼恳请地看着我和乔丹，好像她才意识到她正在做什么——仿佛自始至终她都没打算做什么事。然而，现在事情已经做了。后悔也晚了。

“我从未爱过他。”她说，明显是一副勉强的样子。

“在凯皮奥兰尼时你也不爱我吗？”汤姆突然质问道。

“不爱。”

那沉闷、令人窒息的音乐不时伴着热浪从楼下的舞厅飘来。

“那天为了不让你的鞋沾上水，我把你从‘大酒杯’号游艇上抱下来，你也不爱我吗？”他的声音沙哑却很温柔，“黛西？”

“请不要说下去了。”她的声音依旧冷淡，但话音里已经没有了怨恨。她看着盖茨比。“看吧，杰伊。”她说——她那只要点烟的手抖个不停。她突然把香烟和点着的火柴都扔到了地毯上。

“啊，你要的也太多了吧！”她对盖茨比喊着，“我现在爱着你——难道这样还不够吗？过去的事情已经挽回不了了。”她开始无助地啜泣起来。“我曾经是爱过他——但我也爱过你。”

盖茨比的眼睛睁开了一下，又闭上。

“你也爱过我？”他重复着。

“连这句话都是假话，”汤姆残忍地说，“她根本不知道你还活着。要知道，黛西和我之间发生过你永远都无法知道的事情，那些事我们彼此永远都记得。”

这席话好像刺痛了盖茨比的心。

“我需要和黛西单独谈谈，”他坚定地说，“她现在情绪太激动……”

“就算是单独谈，我也不能说我从未爱过汤姆，”她可怜兮兮地坦白说，“那不是真的。”

“那当然不是真的。”汤姆赞同道。

她转过身面对着她丈夫。

“说得就像你在乎似的。”她说。

“我当然在乎。从现在起，我要更好地照顾你。”

“你还没弄清楚，”盖茨比有点慌乱地说，“你已经没机会再照顾她了。”

“我没机会了？”汤姆眼睛睁地大大的，大笑起来，他现在已经可以控制自己了，“为什么呢？”

“黛西就要离开你了。”

“胡说。”

“可我真的要离开你了。”很明显，她说得很费劲。

“她才不会离开我呢！”汤姆突然对盖茨比扬声恶骂，“她绝不会为了一个大骗子离开我，连给她戴在手上的戒指也得去靠偷。”

“我受不了你这么说！”黛西哭喊道，“天哪，咱们快走吧。”

“你究竟是什么人？”汤姆破口而出，“你是和迈耶·沃尔夫山姆那帮狐群狗党狼狈为奸的——我恰好了解这些，我对你做的事情做了一个小小的调查——明天我还会深入调查下去。”

“随便你，老兄。”盖茨比镇静地说。

“我已经查出来你所开的‘药房’究竟是什么底细了。”他马上转过身对我们说，“他和那个叫沃尔夫山姆的家伙，收购了许多这里和芝加哥小街上的药店，公开出售酒精。这就是他耍的一个小把戏。我第一次见他就觉得他是个私酒贩子，我猜得也八九不离十。”

“那又有什么关系？”盖茨比客气地说，“你的朋友瓦尔特·蔡斯不也参与进来了吗，他可不觉得丢人。”

“你们把他坑了，对吧？你们让他在新泽西坐了一个月的牢。我的天，你该听听瓦尔特是怎么谈论你的。”

“他来找我们时身无分文。他很乐意能赚上一笔钱，老兄。”

“别叫我‘老兄’！”汤姆嚷道。盖茨比没搭话，“瓦尔特原本想揭露你违法赌博，但他受到了沃尔夫山姆的恐吓，才不敢声张的。”

那种陌生却又看得出来的表情再次出现在盖茨比的脸上。

“开药房的事儿还无足轻重，”汤姆不紧不慢地说，“可你现在又在搞什么把戏，瓦尔特都不敢告诉我。”

我看了看黛西，她惊慌失措地看着盖茨比和她的丈夫，再看看乔丹——她下巴上好像又顶着什么看不见却有趣的东西并试图保持平衡。接着我又转头去看盖茨比——他的表情把我吓坏了。他看上去真的像刚“杀了个人”似的——我这么说与他家花园里那些诽谤污蔑没有关系。但是那一瞬间，他的表情恰好能用那种荒唐的词汇来形容。

他脸上的表情很快就消失了，他激动地向黛西解释，全盘否认了这一切，还为没有人提出的罪名替自己辩解。可他说的话越多，她就越疏远他，因此他只好闭嘴了。午后时光慢慢消逝，独留下那破碎的梦在不断奋斗，竭力想去触碰那已消退的东西，痛苦却并不绝望地朝着屋里那个悄无声息的声音挣扎着。

那个声音再次祈求大家离开。

“求你了，汤姆！我无法承受这一切了。”

从她那受到惊吓的眼神可以看出，无论她之前有多大的决心和勇气，此时全都烟消云散了。

“你们两个回家去吧，黛西，”汤姆说，“开盖茨比先生的车。”

她看着汤姆，一副惊慌的样子，但他坚持这种宽宏大量的蔑视。

“放心去吧。他不会再纠缠你了。我想他该明白他那冒昧的小小调情已经玩儿完了。”

他们一句话没说就走了，就消失了，那么令人意外，如同幽灵般孤立，甚至连我们的怜悯都感受不到。

片刻后，汤姆站起来，用毛巾把那瓶还没开封的威士忌包了起来。

“想来些这玩意儿吗？乔丹？……尼克？”

我没有说话。

“尼克？”他又问道。

“什么？”

“来点儿吗？”

“不要……我刚想起来今天是我的生日。”

我三十岁了。前方呈现的是一条新的十年之路，凶多吉少，形势险恶。

晚上七点钟，我们才坐着汤姆的小轿车起身回长岛。汤姆一路上不停地说话，高兴得意，欢声笑语，但对我和乔丹来说，他的声音十分遥远，如同人行道上喧闹的人声或是头顶上车辆驶过高架铁路的轰隆声。人的同情心也是有限的，所以我们也乐意他们那悲剧的争吵随着身后城市的灯火一起消逝。三十岁——又将迎接十年的孤独，可来往的单身汉越来越少，热烈的情感越来越淡薄，就连我的头发也会日渐稀疏。但我身边还有乔丹，她和黛西不一样，不会把那早该遗忘的美梦年复一年还埋在心底。我们驶过昏暗的大桥时，她苍白的脸慵懒地倚着我的肩膀，我紧紧地握着她的手，驱除了三十岁生日带来的可怕打击。

我们在渐渐凉爽的暮色中朝着死亡驶去。

那个年轻的希腊人米切里斯，是案件调查的首要证人，他在灰堆旁开了个小咖啡店。在那酷热的天气里，他睡到下午五点才起来，然后出去散步。走到汽车修理铺时，发现乔治·威尔逊病倒在他的办公室了——是真的病了，他的脸色就像他的头发似的煞白，全身都在发抖。米切里斯劝他去床上休息一下,但威尔逊生怕错过生意,怎么也不肯。就在这个邻居劝说的空当，从楼上传来了激烈的吵闹声。

“我把我太太锁在楼上了，”威尔逊平静地说，“让她在那儿待到后天，我们就会搬走。”

米切里斯十分震惊。他们做了四年的邻居，看不出威尔逊能说出这样的话。一般情况下他给人的感觉就是精疲力竭：不干活的时候，他就坐在门口的椅子上，呆望着过往的行人和车辆。谁和他说话他都会无精打采地笑一笑表示友好。凡事都是他老婆做主，他自己毫无主见。

所以米切里斯自然而然地想知道究竟是怎么一回事，可威尔逊什么也不肯说——反之，他用好奇而怀疑的眼神端量起他的邻居了，并且查问起来他哪些时间在做什么事情。就在米切里斯感到不太舒服自在的时候，正好有几个工人经过汽车修理铺向他的餐馆走去，他就趁着这个机会告辞了，想着过会儿再来。可他没再去。他也许是忘了，也没有其他原因。刚过了七点他走到外面，才想起来刚才的谈话，因为他听见威尔逊太太在汽修铺楼下破口大骂。

“你打我呀！”只见她叫喊着，“按倒我打呀，你这个肮脏的胆小鬼！”

她接着冲进了暮色中，挥舞着双手，一边喊叫着——他还没来得及离开自家门口，悲剧就已经发生了。

那辆“行凶之车”——这是报纸上的说法——压根儿就没有停下来，它从昏暗的暮色中突然冲出来，出车祸后微微犹豫了一下，然后就转了个弯消失了。米切里斯甚至都没看清楚车的颜色——他对第一个警察说车是浅绿色的。另一辆开往纽约的轿车，开出上百码后停了下来，司机匆忙跑到出事地点，只见梅特尔·威尔逊就这样双膝跪地，突然惨死在马路中间，黏稠的黑血和尘土混在了一起。

米切里斯和这个司机是最早赶到她身边的，可当他们撕开她那湿漉漉的、沾满汗水的衬衣时，看到她左边的乳房松垮垮地挂着，没有必要再去听心跳了。她大张着嘴，嘴角有一点儿撕裂，就像是她在释放那毕生积蓄的巨大活力时噎住了一样。

看到三四辆汽车和一群人围在那里时，我们离事发地还有段距离。

“出车祸啦！”汤姆说，“这倒好。威尔逊有生意可做了。”

他缓速开着车，并没打算停下来，直到离近了，看到集聚在修车铺门口的人个个都是一副肃穆专注的样子，他不由地刹车停了下来。

“咱们看一下吧，”他疑惑地说，“看一下就走。”

就在这时，从汽车修理铺不断传出沉闷的哀号声，我们下了车走到汽修铺门口时，才听清有人上气不接下气、反复哭喊着的是“哦，我的上帝啊”。

“这里是出了什么大乱子了。”汤姆激动地说。

他踮着脚尖，隔着围观的人群向里面望去，汽修铺里只有一盏挂在铁丝罩里的电灯，发出昏黄的灯光。接着他惊叫了一声，用强劲的手臂猛地推开人群，然后挤了进去。

被推开的人群又合上了，同时发出嘀嘀咕咕的劝告声，我压根儿来不及看清里面的状况。后来又有新来的人打乱了原来的圈子，猛然间我和乔丹被挤到了里面。

梅特尔·威尔逊的尸体用一条毯子裹着，外面又裹了一条，好像在这个闷热的夜晚生怕她冻着。尸体在墙边的一张工作台上放着，汤姆背对着我们低着头，纹丝不动。一名巡警站在他的旁边，汗流满面地往小本子上记着人名，还不时地涂改着。在空荡荡的汽修铺里回荡着激烈的哭喊声，起先我还不知道是谁发出的——后来才看到威尔逊在他办公室那高高的门槛上站着，双手紧抓着门框，身体前后晃动着。有个人正同他低声说话，时不时想把一只手放到他的肩上，不过威尔逊压根儿听不到也看不到。他的视线从那盏摇摇晃晃的电灯慢慢转移到墙边放着尸体的桌子上，接着又猛地看向电灯，不停地发出激烈、恐怖的哀号声：

“哎，我的——天呀！哎，我的——天呀！天——呀！哎，我的——天呀！”

不一会儿，汤姆猛地抬起头，眼神呆滞，看了看汽车修理铺，颠三倒四地和警察说了些什么。

“马福——”警察说，“欧——”

“不对，禄——”那个人更正道，“马——福——禄——”

“听我说！”汤姆凶巴巴地低声抱怨说。

“福——”警察说着，“禄——”

“格——”

“格——”汤姆宽厚的手掌重重地拍了拍他，他抬起头，“你想做什么，伙计？”

“发生了什么事？——我就想知道这个。”

“她被一辆车当场撞死了。”

“当场撞死。”汤姆重复道，双眼直勾勾地瞪着。

“她跑到了马路中间。那狗娘养的车也没停一下。”

“路上当时有两辆车，”米切里斯说，“一来，一去，明白吗？”

“开去哪里？”警察敏锐地问道。

“两辆车方向相反。就这样，她，”他把手举到毯子边，举了一半又停下来了，放到了身侧，“她跑到了外面的马路上，一辆从纽约驶来的车正好撞上了她，那车子的时速估计有三四十英里。”

“这个地方叫什么名字？”警察查问道。

“这里没名儿。”

一个脸色苍白但穿着得体的黑人走了过来。

“那是一辆黄色的车，”他说，“是一辆大型的黄色汽车，崭新的。”

“看到事故是怎么发生的了吗？”警察问。

“没看到，不过那辆车从我旁边经过，速度可不只四十英里，应该有五六十英里了。”

“来这里，让我把你的名字记下来。让一下。我要把他的名字记下来。”

这番对话，一定有几个字进了在办公室门口晃动着的威尔逊耳朵里，因为他突然有了新的哭喊内容：

“你们没必要告诉我那辆车是什么样子！我知道那是辆什么车！”

我凝视着汤姆，发现他外套下的肩后肌肉紧缩着。他立即走向威尔逊，站在他面前，使劲抓住他的上臂。

“你得镇定下来。”他用粗犷的声音安慰道。

威尔逊的眼神落在汤姆身上。他大吃一惊，踮起了脚尖，要不是汤姆扶住他，差点就摔倒在地上。

“听我说，”汤姆一边说，一边轻轻晃了晃他，“我刚刚从纽约来到这里。我是来给你送我们之前提到的小轿车的。今天下午我开的那辆车不是我的——你听到了吗？今天一下午我都没看见它。”

只有我和那个黑人站得近，能听到他说的话，不过那个警察察觉到汤姆的声调有问题，于是厉目看向这边。

“怎么回事？”他质问道。

“我是他的一个朋友。”汤姆转过头，但双手紧紧抓着威尔逊的身体，“他说他认得肇事的车……是一辆黄色的车。”

警察隐约感到有些不对劲儿，怀疑地看着汤姆。

“那你的车是什么颜色呢？”

“蓝色的车，小轿车。”

“我们刚刚从纽约返回来。”我说。

有个刚才开车跟在我们后边的人证实了我说的话，警察便转过了头。

“现在，请让我再把那名字核对……”

汤姆像拎着个玩偶似的把威尔逊提到了办公室，放到了椅子上，自己就回来了。

“请哪位过来陪他一会儿。”他以发布命令的口吻说。他环顾四周，这时站得最近的两个人相互对视了一眼，勉强地走进了办公室。接着汤姆把门关上，走下仅有的一个台阶，眼神刻意避开那张桌子。他经过我的身边时低声说：“咱们走吧。”

他很不自然地用那双命令式的胳膊从仍在聚集的人群中开出一条路，我们跟在后面，走了出去。迎头碰上一位匆匆赶来的医生，提着药箱，还是半小时前抱着一丝希望请来的。

汤姆很慢地开着车，转过弯之后他才猛踩油门，轿车在夜色里飞驰。片刻后，我听到了沙哑的哭泣声，看到他满脸泪水。

“该死的孬种！”他抽泣着说，“他连车都没有停。”

穿过黑漆漆、窸窣作响的树林，布坎南家的房子突然出现在我们眼前。汤姆把车停在门廊边，抬头望了望二楼，只见蔓藤间的两扇窗户灯光明亮。

“黛西已经到家了。”他说。我们下车时，他瞥了我一眼，眉头微微地皱了一下。

“我在西半岛就该让你下车，尼克。今晚我们没有什么活动。”

他有些变化，说话不仅很严肃，而且还很果断。就在我们借着月光沉重地向门廊走去时，他只言片语就利索地把这个问题解决了。

“我打电话叫辆出租车把你送回家。等车的时候，你和乔丹最好去厨房，让用人给你们做点儿晚饭吃——如果你们想吃的话。”他把门推开说，“进来吧。”

“我不进去了，谢谢。不过还是要麻烦你帮我叫辆出租车，我就在外面等吧。”

乔丹伸出手拉住我的手臂。

“你难道不进来吗，尼克？”

“不了，谢谢。”

我心里感觉不太舒服，想独自待着，可乔丹还要再逗留一会儿。

“现在才九点半啊。”她说。

我怎么也不肯再进去了。今天我受够了这几个人的嘴脸，突然间把乔丹也囊括在内了。她必然从我的表情中看到了什么迹象，因为她猛地转过身，跑上门廊的台阶，进屋里去了。我双手抱着头坐了几分钟，接着听到屋里有人打电话，是男管家在叫出租车。于是我就离开房子，慢慢地沿着车道走，打算去门口等车。

我走了还不到二十码，就听见有人喊我的名字，接着就看到了从灌木丛间走到小路上的盖茨比。我那时一定是觉得他站在那里很奇怪，因为我脑子里只有他那套在月光下闪闪发亮的粉红色衣服，别的都想不起来了。

“你在这儿做什么？”我问道。

“就是在这儿站一站，老兄。”

总之，这给人一种要做什么卑鄙勾当的感觉。好像他要把别人家抢劫一空呢。就算我看到很多阴险的面孔，如“沃尔夫山姆之类”的面孔，躲藏在他身后黑漆漆的灌木丛中，我也一点儿不会吃惊。

“你在路上看到有事故发生吗？”他隔了一会儿问道。

“看到了。”

他迟疑了一下。

“她死了吗？”

“死了。”

“我当时也预想到了。我告诉黛西说那个人肯定是被撞死了。各种打击一起来也好。她表现得还挺坚强。”

听他这么说，就像黛西的反应是唯一要紧的事。

“我是从一条小路开车到西半岛的，”他接着说，“我把车停在了车库里，应该没被人看到，不过我也不确定。”

此时我已经极其厌恶他了，所以觉得没有必要告诉他，他想错了。

“那女人是谁呀？”他问道。

“她姓威尔逊。她丈夫开了那家汽修铺。事情究竟如何发生的？”

“哎，我是想把方向盘扳过来……”他的话音骤然停止了，我突然间猜到了真相。

“开车的是黛西吗？”

“是的，”他过了片刻才说，“可我必然要说开车的是我。情况是这样的，我们离开纽约时，她相当紧张不安，她觉得开车能让她镇静下来——我们正要和迎面驶来的一辆车错开，这个女人冲向了我们。瞬间事故就发生了，她好像认为我们是她的熟人，想和我们说话。哎，黛西最初是打了方向盘要避开那个女人的，然而车又向着对面来的车冲去，她被吓得不知所措，于是又把方向盘转了回去。我伸手去抓方向盘时就感觉车身一震——肯定当场就把她撞死了。”

“把她撞出了一个洞……”

“不要告诉我这个了，老兄。”他畏缩地说，“总之，黛西使劲踩油门。我让她停下来，但她停不下来，我不得不拉了紧急刹车。接着她就晕倒了，倒在我的膝盖上，然后我就接着开车。”

“明天她就没事了，”他接着又说，“我只想在这里等等，看他是否会因为今天下午的不愉快而烦扰她。她在自己的屋子里，把门锁上了，如若他要乱来，她就会把灯熄了再打开。”

“他不会碰她的，”我说，“他的心思不在她身上。”

“我一点儿也不相信他，老兄。”

“那你打算等到什么时候？”

“有必要的话，我就等一整夜。无论如何，也要等到他们都上床睡觉了。”

我突然冒出个新想法。假如汤姆发现车是黛西开的，他也许会觉得这其中有关联——他会胡乱猜测。我望了望那座房子，楼下两三扇窗户都亮着灯，二楼黛西的卧室也透出粉红色的灯光。

“你站这儿等会儿，”我说，“我过去看看有没有争吵的迹象。”

我沿着草坪的边缘往回走，缓步穿过碎石子路，踮着脚尖上了走廊的台阶。客厅的窗帘没有拉上，里面空无一人。我从三个月前那个六月的夜晚我们吃过晚餐的门廊外面绕过去，来到了一小块长方形的灯光下，我猜那是从食品储藏室的窗户照出的灯光。遮帘被拉了下来，但我发现窗台处有条缝隙。

黛西和汤姆在餐桌边面对面坐着，中间摆着一盘冷炸鸡和两瓶啤酒。他专心致志地和餐桌对面的黛西说话，还诚挚地把手放在她的手上。她时而抬起头看看他，点点头表示赞同。

他们看着并不怎么高兴，两人谁也没动炸鸡和啤酒——不过也不能说是不高兴。毫无疑问，这个场景让人自然而然觉得亲密而融洽，谁看了都会说他们俩是在协力谋划着什么。

当我又踮着脚尖走下门廊的时候，听到了他们给我叫的出租车正沿着昏暗的道路缓缓驶来的声音。盖茨比依旧站在我们刚才分开的地方。

“那里面一切还平静吧？”他忧虑地问。

“是的，很平静。”我犹豫了一下，“你最好也回家休息吧。”

他摇了摇头。

“我要一直在这里等到黛西上床睡觉为止。晚安，老兄。”

他把双手插进了外衣口袋里，急不可耐地转过身去，仔细察看那座房子，似乎我的在场玷污了他神圣不可侵犯的守望。于是我离开了，把他独留在月光下——空守着。

“海水呀，你说的是什么？”

“是永恒的疑问。”

“天空呀，你回答的话是什么？”

“是永恒的沉默。”

“我们萧萧的树叶都有声响回答那风和雨。你是谁呢，那样的沉默着？”

“我不过是一朵花。”

第八章

我整夜辗转难眠，为提醒船只而发出警报的雾笛在海湾上无休无止地呜呜作响，我就像被病魔缠身了似的游荡在荒诞的现实和残酷恐怖的噩梦之间。黎明将至之时，我听到有出租车开上盖茨比的车道，便立即从床上跳起来，穿上衣服——我感觉我有话要对他说，有需要提醒他的事情，等天亮就来不及了。

我穿过草坪，看到了敞开的大门，他靠着一张桌子，站在大厅里，由于心情沮丧或者彻夜无眠，整个人显得很阴沉。

“什么事也没有发生，”他凄惨地说，“我大概等到凌晨四点，她走到窗边，停留了片刻，接着就把灯关掉了。”

那天夜里，我们走过一间间屋子寻找香烟的时候，我感觉他的别墅对我来说比任何时候都宽敞。我们把帐篷布似的窗帘掀开，在茫茫无边的黑暗中，沿着墙壁摸寻电灯开关——有一次我砰的一声摔倒在一架幽灵似的钢琴上。屋里处处都是灰尘，多的让人不可思议，而且散发出一种发霉的味道，好像有些日子没有通风了。最终我在一张陌生的桌子上找到了一个雪茄盒，里面还剩两根走了味的干瘪香烟。我们打开了客厅的落地窗，对着漆黑的夜晚，坐下来抽起了烟。

“你不应该待在这里，”我说，“他们必定会追查到你的车。”

“现在就离开吗，老兄？”

“去大西洋城待上一周吧，或者去蒙特利尔也行。”

他不愿考虑。在对黛西接下来的打算还不知情的情况下，他是坚决不会离开她的。他还想抓着最后一丝希望不放手，我也不忍心劝他放手。

就是在这个夜晚，他给我讲了他年轻时跟随丹·科迪所经历的奇闻异事——他之所以会告诉我，是因为“杰伊·盖茨比”这个形象在汤姆的恶意攻击之下，已经如玻璃般破碎不堪了，那出长久以来神秘而华丽的幻想剧也已落幕了。我觉得在这个时候任何事情他都会无所隐瞒地承认，不过他想聊的是黛西的事情。

盖茨比认识的第一个“名门闺秀”就是黛西。他之前也在没有表明身份的情况下和这一类千金小姐接触过，但他和她们之间总是隔着一层无形的铁丝网。他认为黛西最合自己的心意。他去她家拜访，最初是和泰勒营的其他军官结伴而去的，后来就独自前去了。黛西的家令他震惊——他从未置身于如此漂亮的豪宅，它之所以有种敛声屏气的紧张氛围是因为黛西住在这——尽管在黛西眼里这房子如此平常，就像他看待军营里的帐篷一样。这所房子充满了令人着迷的神秘感，仿佛楼上的卧室更华丽、更凉爽，而走廊里处处都是赏心悦事，还有许多风流韵事——它们不是用薰衣草保存起来的发了霉的陈年旧事，而是栩栩如生的事情，令人联想到今年最受欢迎的汽车，联想到鲜花还未凋零的舞会。他也因很多人都爱过黛西而感到兴奋不已——在他眼里，黛西的身价又提高了。他能感受到她们家到处都有追求者的存在，空气中依旧弥漫着充满活力的感情的痕迹和回声。

不过他清楚，他能出入黛西家完全是出于偶然。无论杰伊·盖茨比的身份将来会有什么样的光明前程，当下他只是一个一文不名、家境卑微的青年，虽然他那套军装无形之中充当了隐形衣，但随时都可能从他肩头滑下。所以，他充分利用他的时间，获取他所能得到的东西，贪婪而肆无忌惮——在十月某个寂静的夜晚，他终于占有了黛西，占有了她的身体，正因为他连和她牵手的资格也没有。

他可能会蔑视自己，因为他的确以欺骗的手段占有了她。这倒不是说他利用了那幻想出的百万家产，而是他故意给黛西一种安全感，让她相信他们俩门户相当——他有足够的能力照顾好她。事实是，他根本没有这种能力——他没有富有显赫的家庭背景，而且毫无人情味的政府随时都可能一声令下，把他调去世界的任何地方。

可他并没有蔑视自己，事情的结果也是他意料之外的。他最初可能只打算玩乐一下，之后便一走了之——但后来他发现自己已经投入到追寻一种理想的状态了。他原本知道黛西是独具一格的，但怎么也没想到一位“名门闺秀”能如此独具一格。她回到了她那富裕的豪宅和丰富多彩的生活，就那么消失了，什么也没有留给盖茨比。而他觉得自己已经和她结婚了，如此而已。

他们再次见面已是两天之后，盖茨比紧张而激动，好像受骗的是他自己。她家的阳台在灿烂星光的照耀下，亮堂堂的。她转向他时那张时尚的柳条长靠椅嘎吱嘎吱作响，他忍不住吻上了她那奇妙而可爱的小嘴。她着凉感冒了，她的声音与平常相比，更加沙哑，也更动人。盖茨比深刻地感受到了财富能让人们存有和保留青春及神秘，感受到了各色各样的衣服能让人清新明朗，感受到了如白银般熠熠生辉的黛西，安然高居于水深火热的穷人之上。

“我无法给你形容在发现自己爱上她之后，我是多么诧异，老兄。有段时间我甚至希望她把我甩掉，不过她没有那么做，因为她也爱我。她认为我学识广博，因为我知道很多她不知道的事情……唉，就这样，我抛开了所有的雄心壮志，每分钟都在情网中越陷越深，突然觉得什么都无所谓了。若是和她憧憬未来能让我更快乐，那么又有什么必要去做大事呢？”

就在他动身前往海外之前的最后一个下午，他抱着黛西安静地坐了很久。那个秋日，天气寒冷，屋里生了火，她的脸颊红扑扑的。她偶尔动一动身体，他的手臂也随着调整位置，其间他还吻了她那乌黑光亮的秀发。那个下午让他们暂时平静了下来，似乎是为了给他们留下深刻的记忆，以此来面对明日即将到来的长久分别。她无声的嘴唇轻拂他上衣的肩头，他也轻柔地摩挲着她的指尖，好像她在熟睡似的。在一个月的热恋中，他们俩从未如此亲密无间，也从未如此惺惺相惜。

战争中，他的表现特别出色。还没上前线，他就是上尉了，阿尔贡战役后他就胜任少校，负责指挥师里的机枪部队。停战后，他心急火燎地要求回国，可是由于当时复杂混乱的情况或者误会，他被送进了牛津大学。他心里非常着急——因为黛西的信里流露出紧张而绝望的情感。她无法理解他为何回不去。她渐渐感受到了外界的压力，所以她想见他，希望有他的陪伴，她需要他的安慰，并告诉她所做的都是正确的。

黛西毕竟还正值青春时期，她那虚伪的世界充满了兰花的馨香和欢欣愉悦。交响乐团定好了当年的节奏，用新的曲调演奏出人生的愁苦与启发。萨克斯管彻夜演奏着悲痛欲绝的《比尔街爵士乐》，与此同时上百双金银舞鞋扬起闪亮的灰尘。每天晚茶时分，一些房间在低沉而甜蜜的狂热曲伴奏下不停地震颤，一张张娇嫩的脸庞就像是被哀伤的铜管乐器吹落到地面的玫瑰花瓣，飘动在舞厅里。

在这个昏暗的世界里，伴随着社交季的到来，黛西又活跃起来了。突然间她每天又会有五六个追求者，五六场约会，直到破晓时分才昏昏入睡，把晚礼服随意丢在床边地板上，上边的珠子和薄纱与枯萎的兰花混在一起。她的内心深处急切地想做出一个决定。她现在就要把自己的终身大事解决了，不容耽搁——推动她做出决定的必须是近在眼前的外力——爱情也好，金钱也罢——毫无疑问，这些都是现实而唾手可得的东西。

那股外力最终在那年春天过去一半的时候伴随汤姆·布坎南的出现而出现。无论是他的相貌还是地位都完全合乎标准，很有分量，这使得黛西也感到很荣幸。无疑，黛西纠结过，后来也放下了思想包袱。收到黛西的信时，盖茨比还在牛津。

此时长岛的天蒙蒙亮了，我们把楼下剩余的窗户也都打开了，让渐渐发白和渐渐变成金黄的光线溢满房间。一棵树影猛地横投在露珠上，蓝色的树叶丛中幽灵似的鸟儿在歌唱。空气中缓慢地流淌着令人愉悦的气流，这说不上是风，但预示着今天是凉爽美好的一天。

“我坚信她从未爱过他，”盖茨比从窗前转过身，用挑衅的眼神看着我，“你一定记得，老兄，今天下午她特别激动。他说的那些话吓坏了她——他把我说成了一个一文不值的骗子，导致她压根不清楚自己说了些什么。”

他沮丧地坐了下来。

“当然，他们刚刚结婚时，她也许短暂地爱过他——但即使是在那个时候，她还是更爱我，你明白吗？”

他突然又冒出一句奇怪的话。

“无论如何，”他说，“这只是个人的事。”

这句话我们除了猜想他对这件事投入了强烈到无法估量的感情外，还能怎么理解呢？

他从法国回来时，汤姆和黛西还在度蜜月，他不由自主地用寥寥无几的军饷开启了去路易斯维尔的痛心之旅。他在那儿停留了一周，走完了当年十一月的夜晚他俩肩并肩漫步过的大街小巷，还重游了当年他俩开着黛西的白色汽车去过的故地。如同黛西家的房子都比别人家的房子更加神秘和快乐一样，虽然她离开这里了，但是在他眼里，这座城市依然弥漫着一种忧郁的美感。

他离开时感觉，假如他再努力些寻找，可能就找到她了——而此时他却抛下她走了。硬座车厢里闷热无比——他现在身无分文了。他在连接车厢的通廊上找了张折叠椅坐下，车站从眼前一闪而过，一幢幢陌生的建筑物渐渐远去。接着火车驶入春日的田野，与一辆黄色的电车并行了一会儿，电车上的人没准儿在街头无意间瞧过她那张白皙而充满魅力的脸庞。

铁轨拐了个弯，此时火车背对着太阳前进，夕阳西下，漫天的余晖好像在祝福这座渐渐远去的、她生活过的城市。他绝望地伸出双手，仿佛是要抓住一丝空气，他想要保留住她曾经爱他的丁点记忆。他泪眼蒙眬，眼前的这一切都消失得太快了，他知道他已经失去了这座城市里最鲜活、最美好的东西，永远地失去了。

九点钟时，我们吃完早饭，走到外面的阳台上。天气一夜之间就发生了骤变，空气中已经有了丝丝秋意。有位园丁，盖茨比原来的用人中仅剩的一个，走到台阶前面。

“今天我准备把游泳池里的水都放掉，盖茨比先生。树叶很快就要凋落了，到那时水管子就会堵塞。”

“今天先不要放水。”盖茨比回答。他转过身来对着我，带着歉意说，“你知道吗，老兄，整个夏天我都还没在那个游泳池游过泳呢！”

我看了看手表，站了起来。

“我乘坐的班车十二分钟后就要开了。”

我并不想进城去。我没有心思去干一本正经的工作，其实更重要的是——我不想离开盖茨比。我误了那班火车，又错过了下一班，最后才勉强走了。

“我会给你打电话。”我最后说。

“一定记得，老兄。”

“我中午前后会联系你。”

我们缓缓下了台阶。

“我想黛西也会打电话过来。”他忧虑地看着我，好像希望得到我的证实。

“我想她会的。”

“那好吧，再见。”

我们握手告别，之后我就离开了。当我快走到树篱前时，我想起了一件事，便转过身。

“他们是一帮混蛋，”我隔着草坪大喊，“那帮混蛋加在一起也抵不上你一个。”

我很高兴我说了那句话。那是我对他仅有的赞美之词，因为我始终不赞成他的做法。最初他礼貌地点了点头，接着他的脸上绽放出一种光芒四射而会心的微笑，似乎在这件事上我们俩早已心照不宣了。他那套粉红色的西装在白色台阶的衬托下光彩照人，于是我想起了三个月前我初次拜访他那古色古香的别墅的那个夜晚。当时草坪和车道上熙熙攘攘的人群都在揣测他的龌龊行径——而他就站在台阶上和大家挥手告别，把他那纯洁的梦想藏匿在心中。

我对他的热情款待表示感谢。我们总是为此向他致谢——其中有我，还有其他人。

“再见，”我大喊，“谢谢你请我吃早餐，盖茨比。”

进城后，我坚持抄了一会儿数不胜数的股票行情，接着就在我的转椅里睡着了。快到中午时，我被电话吵醒了，我吓了一跳，额头上直冒冷汗。打电话的人是乔丹·贝克。她经常在这个时间给我打电话，因为她出没无常，可能在酒店、俱乐部或者私人住宅，我很难有合适的方式联系到她。一般情况下，她在电话里的声音都是清新悦耳的，就像高尔夫球场上球棒削起了一块绿油油的草皮飘进了我的办公室窗口，可今天上午，她的声音听起来生涩干枯。

“我离开黛西家了，”她说，“我现在在汉普斯特德，今天下午我要到南安普顿去。”

可能现在离开黛西家是一种明智的做法，但她的举动让我很不高兴，接下来的话更是让我恼火。

“昨晚你对我不是很好。”

“在当时的情形下有什么关系吗？”

她沉默了一会儿，然后说：“不管怎么样——我想见你。”

“我也是。”

“那我下午不去南安普顿，进城找你，好吗？”

“不好——今天下午不行。”

“随便你吧。”

“今天下午真的不行。很多……”

我们就这样聊了几句，后来忽然间都沉默不语了。我不记得是她先啪的一下挂掉电话的还是我，不过我一点儿也不在乎。那一天我真的无法与她在茶桌上面对面聊天，就算她从此再也不理我，我也只能这么做。

过了几分钟，我给盖茨比打电话，但是电话占线，我就连打了四次，最后一个恼火的接线员告诉我这条线路是专门等来自底特律的长途电话的。我拿出来火车时刻表，把三点五十分那班车用小圆圈标记了一下。然后我又靠在了椅子上，想理一理思绪。此时才是中午。

那天早晨，我乘的火车经过灰堆时，我特意走到了车厢的另一边。我猜测会有一群好奇的人整天在那里围观，几个小男孩儿在尘土中找寻黑色的血迹，还有一些多嘴的人反反复复讲述那次事故，最终说到连他们自己也觉得不真实为止，就不再讲下去了，梅特尔·威尔逊的悲惨结局也就被大家遗忘了。现在我想讲一讲那一夜我们离开汽修铺后那里发生的事情。

人们几经周转才找到了威尔逊太太的妹妹凯瑟琳。那晚她必定是打破了自己不喝酒的常规，因为她到达汽修铺时整个人都喝傻了，根本理解不了救护车已经开去弗勒兴区的事实。等她终于在大家的解释下明白了这一点时，她立刻晕过去了，就像这是整个事件里最让人忍受不了的。有个人，不知是出于好心还是好奇，开车载着她追她姐姐的尸体去了。

午夜已经过去很久了，汽修铺门口依旧围着很多人，而乔治·威尔逊在里面的长沙发上不停地晃来晃去。最初办公室的门大敞着，每个走近汽修铺的人都会不由自主地瞅一瞅里面。后来有人说这样太过分了，就关上了门。米切里斯和其余几个男人留下来陪着他。开始是四五个人，后来只剩下两三个人。再后来米切里斯只能恳求最后一位陌生人再多等十五分钟，他好回家煮一壶咖啡。此后，就他一个人陪着威尔逊到了破晓时分。

凌晨三点钟左右，威尔逊不再断断续续地胡言乱语了——他逐渐镇定下来，开始说到那辆黄色的车子。他自称有门道打听出那辆黄色车子的主人。接着他又不假思索地说出两个月前他老婆从城里回来时鼻青脸肿。

可听到自己说出这句话时，他退缩了一下，又开始哭喊着“我的上帝”。米切里斯笨拙地想分散他的注意力。

“你结婚有多长时间了，乔治？来吧，安静地坐一会儿，回答我的问题。你结婚有多长时间了？”

“十二年。”

“有孩子了吗？快点，乔治，坐着不要乱动——我刚刚问你问题呢。你有孩子了吗？”

棕色的硬壳甲虫不停地撞着昏暗的电灯。每当听到公路上有汽车疾驰而过时，米切里斯总感觉那就是几小时前肇事逃跑的那辆车。他不想走到修理铺里面去，因为存放过尸体的工作台仍沾着血迹。他只能不自在地在办公室里来回踱步——天还没亮，他就对屋里的每一样东西都了如指掌了——不时地又会在威尔逊身边坐下，设法让他安静点儿。

“你有平时会去的教堂吗，乔治？可能你很久没去过了？要不我打电话给教堂，请位牧师前来同你聊聊，怎么样？”

“我什么教也不信。”

“你应该有个信任的教堂，乔治，遇到这种情况就派上用场了。你肯定去过教堂的。难道你不是在教堂举行的婚礼吗？听着，乔治，你听我说。难道你不是在教堂举行的婚礼吗？”

“那是很久以前了。”

因为要回答问题，威尔逊来回摇晃的节奏被打断了——他安静了片刻。接着他那暗无神采的眼睛里又出现了之前有过的那种半清醒半迷糊的神情。

“把那个抽屉打开看看。”他指着那张办公桌说。

“哪一个抽屉？”

“那个抽屉——就是那个。”

米切里斯把离他手边最近的抽屉打开了。里面只有一根小巧昂贵的狗链子，质地是皮的，还镶有银饰。看着还是崭新的。

“这个？”他拿起狗链子问道。

威尔逊盯着点点头。

“这是我昨天下午发现的。她千方百计地给我解释，可我知道这件事肯定不对劲。”

“你的意思是说这是你太太买的？”

“她把它包在纸巾里，在梳妆台上放着。”

米切里斯并不觉得这有什么古怪的，他说出了十几个理由，为什么他的太太会买这条狗链子，但想象得到，其中一些理由梅特尔早就对威尔逊说过了。因为他轻哼道：“我的上帝啊！”安慰他的人还有几个理由都还没来得及说出口。

“那么她是被他杀害的。”威尔逊说，他突然张大了嘴巴。

“谁杀害的？”

“我能打听出来。”

“你糊涂了，乔治，”他的朋友说，“你是太紧张了，都不知道自己在说什么。你还是尽量安安稳稳坐到天亮吧。”

创造的神秘，有如夜间的黑暗——是伟大的。

而知识的幻影却不过如晨间之雾。

我今晨坐在窗前，世界如一个路人似的，停留了一会儿，向我点点头，又走过去了。

“他谋杀了她。”

“乔治，那是个交通事故。”

威尔逊摇摇头。他眯着眼睛，微微咧着嘴巴，不以为然地轻“哼”了一声。

“我知道，”他坚决地说，“我对别人都很信任，也没想过要伤害哪个人，但只要是我弄明白的事情，那就错不了。开车的就是那个男人，她跑过去想和他说话，可他却没有停车。”

米切里斯当时也看到了这个场景，不过他觉得这也没什么深意。他以为威尔逊太太跑出来是想逃离她丈夫，而不是打算拦下某辆车。

“她怎么弄成那样的？”

“她这个人隐藏得很深。”威尔逊所答非所问。“啊——呦——呦——”。

他又开始摇晃，米切里斯在旁边站着，手里把玩着那条狗链子。

“你或许有什么朋友，我打电话请他们过来帮忙，乔治？”

这个希望太渺茫了——他差不多就能肯定威尔逊一个

朋友也没有：他连自己的老婆都无暇顾及。过了一会儿，他又高兴起来，屋里发生了变化，窗外渐渐泛蓝，他意识到天就要亮了。五点左右，外面的天色更蓝了，可以把屋里的灯关掉了。

威尔逊呆滞地望着外面的灰堆，那上方的天空飘着几朵形状怪异的灰色云团，被黎明的微风吹拂着来回飘荡。

“我和她谈过，”沉默了半天后他嘀咕道，“我说她骗得了我，但她绝对骗不了上帝。我让她站到窗边，”他吃力地站起来，走到后窗户边，脸紧贴着玻璃，“接着我说：‘上帝知道你做了什么，知道你做的每一件事。你骗得了我，但你骗不了上帝！’”

米切里斯在他身后站着，惊奇地发现他正盯着T·J·埃克尔堡大夫的眼睛，那双逐渐从夜色中显现出来的黯淡而巨大的眼睛。

“上帝看得到一切。”威尔逊重复道。

“那是个广告。”米切里斯对他说。他莫名地把视线从窗外移到了室内，可威尔逊却在那站了很长时间，脸紧贴着玻璃窗，冲着黎明不时地点头。

六点钟的时候，米切里斯已经疲惫不堪了，当听到有辆汽车在外面停下时，他内心充满感激。来者是昨天帮忙守夜的一位，说好会回来帮忙的。于是他做了三个人的早餐，和那个人一起吃了。现在威尔逊安静多了，于是米切里斯就回家睡了一觉。过了四个小时，他睡醒后匆忙跑去修理铺，但威尔逊已经不在了。

他的行踪——自始至终都是步行的——事后被查明：他先去了罗斯福港，然后从那里又到了盖德山，他在那买了一杯咖啡和一个三明治，不过那个三明治他并没有吃。他肯定是累坏了，而且走得很慢，因为到了盖德山已经是正午了。截止到这里的行踪不难查出——几个男孩子说看到过一个"疯疯癫癫"的男人，还有几个开车路过的人也说他在路边古怪地瞅着他们。之后的三小时他就消失匿迹了。警察依据他对米切里斯说的"有办法查出来"那句话，猜测他可能走访每一家修理铺，打听那部黄色轿车，但没有一个汽修厂的人说见过他，因此他可能有更简洁、更准确的办法查出他想知道的事情。下午两点半的时候，他已经到了西半岛，他在那里打听如何去盖茨比家。所以在那个时候，他已知道盖茨比这个名字了。

下午两点钟，盖茨比换上了泳装，告诉男管家，若是有电话打进来，就来游泳池通知他。他从车库拿了一个夏日供客人们玩耍的橡皮气垫，司机帮他打足了气。接着他还吩咐司机无论什么情况下都不能把那辆敞篷车开出来——这有些不合乎常理，因为汽车右前方的挡泥板该修理了。

盖茨比肩上扛着气垫，走向游泳池。半路上他还停下来调整了一下，司机问他需不需要帮忙，他摇了摇头，然后便在叶子逐渐变黄的树木丛中消失不见了。

最终也没有人打来电话，不过男管家没去睡午觉，一直等到下午四点钟——就算那时有电话打来，他也接不到了。我觉得盖茨比本人也不相信有人会打来电话。他可能并不在乎了。若是这样，他必定会感受到那个旧日的温暖世界已离他而去，长久以来他抱着的一个旧梦，让他付出了高昂的代价。他必定抬起了头，透过那些可怕的树叶仰望那片陌生的天空，当他发现玫瑰花也如此丑陋，太阳照着刚刚发芽的小草是如此的残酷时，他会情不自禁地战栗。这个新的世界，既实实在在却又虚虚假假；这些可怜的幽魂们，把梦想当作赖以生存的空气，为了追逐它而随处飘荡……如同那个灰蒙蒙的、怪异的人，正穿过杂乱的树丛，偷偷向他走来。

那位司机——他是沃尔夫山姆的一个手下——听到了枪声。事后他只好说当时他并没有想到会发生那样的事。我从火车站径直把车开到盖茨比家，看到我匆忙跑上前门的台阶，屋里的人才感觉到可能出事了，但我坚信那时他们已经知道了。我们四个人，司机、男管家、园丁，还有我，一路上沉默不语地匆忙赶去游泳池。

清水从游泳池的一端流进来，又匆匆地从另一端排出去。随着轻微荡起的涟漪，那只负重的气垫随意地四处漂浮。一阵微风吹过，水面没有起丝毫涟漪，那偶尔负重的气垫，它随意漂荡的行程却被扰乱了。些许落叶让它缓缓旋转，像圆规的支腿一样，在水面勾勒出一个淡淡的红色圆圈。

在我们抬着盖茨比向屋里走的路上，园丁在不远处的草丛里看到了威尔逊的尸体，于是这场屠杀至此终结了。

第九章

两年过去了，我还记得那天白天余下的时间、那天晚上以及第二天，警察、摄影师和记者们连续不断地来往于盖茨比家。大门口用一根绳子拦着，旁边有一名警察看守着，堵住看热闹的人。但小男孩们没过多久就发现他们可以从我的院子绕进去，所以游泳池边总是有几个目瞪口呆的孩子在围观。那天下午，有个神态自若的人，可能是名侦探，他在俯身察看威尔逊的尸体时用了“疯子”这两个字，他无心的评论，由于颇具权威的语气，为隔日的媒体奠定了报道的基调。

大多数的报道都是一场噩梦——荒诞可笑，捕风捉影，煞有介事且无中生有。验尸时，米切里斯的证词揭露了威尔逊曾怀疑他的太太有情人，我原以为整个事件过不了多久就会被娱乐小报添油加醋地刊登出来——但没想到原本可以信口雌黄的凯瑟琳，竟然只字未吐，她还表现出了惊人的气魄——她那描过的眉毛下，双眼坚定不移地直视验尸官，发誓说她姐姐从来也没见过盖茨比，而且她姐姐的婚姻十分美满，还说她姐姐根本没有什么不轨的行为举止。她把自己都给说服了，用手帕捂着脸大哭起来，似乎谁要是对她的话稍有疑问，她都是无法忍受的。因此威尔逊就被归为一个“悲伤过度导致神经错乱”的人，于是案情便也简单明了了。案子就这样了结了。

但这个环节所有的事情其实都是无足轻重、无关紧要的。我发现只有我自己站在盖茨比这边。从我给西半岛镇打电话报告惨案的那时起，关于他的任何猜测和具体问题，人们都来问我。起先我觉得既诧异又困惑，后来随着时间一小时一小时的流逝，他躺在那里，无声无息，我才逐渐明白我负有这个责任。因为除了我，没有哪个人感兴趣——我说的感兴趣是指每个死后的人都或多或少有权得到别人强烈的关怀之情。

在我们发现盖茨比的尸体半小时后，我就给黛西打过电话，出于本能，我毫不犹豫地给她打了电话。但那天下午，她和汤姆早早就出门了，随身还带了行李。

“没留下要去的地址吗？”

“没有。”

“说他们回来的时间了吗？”

“没有。”

“知道他们会去哪里吗？我如何能联系上他们？”

“我不知道。说不上来。”

我真的想给他找一个人来。我真想走进他躺着的房间里，安慰他：“我肯定会给你找来一个人，盖茨比。别担心。相信我，我一定给你找个人来……”

电话簿里找不到迈耶·沃尔夫山姆的号码。管家给了我沃尔夫山姆在百老汇的办公室地址，我又给电话局问讯处打电话，拿到他的号码时，已经是五点多了，打过去已无人接听。

“能再帮我接通一次吗？”

“我已经接通三次了。”

“我有特别紧急的事情。”

“很抱歉，那边恐怕没有人。”

我回到客厅后，屋里突然挤满了人，最初的一瞬间，我还以为是顺路来拜访的客人，原来他们是官方人员。可当他们掀开覆盖着的被单，无动于衷地看着盖茨比时，我的脑海里仿佛回响着他的抗议：

“我说，老兄，你得给我找个人来呀。你好好想想办法。我不能一个人就这么孤零零地受罪啊。”

我摆脱了向我提问题的人，跑上了楼，把书桌上没上锁的抽屉都匆匆翻查了一遍——他从未明确表示他的父母已经过世。不过我什么也没有找到——只有丹·科迪那张照片，他那象征着早已被遗忘的粗野生活的表情，从墙上望向下面。

第二天一早，我就派男管家去纽约给沃尔夫山姆送信，我在信中向他打听消息，而且催促他尽快坐下一班火车赶来。我写信时觉得，其实最后一个请求是画蛇添足，完全没有必要。我觉得他一看到报纸必定会马上出发，正如同我认为黛西中午之前会发来电报一样——但电报没有来，沃尔夫山姆也并未赶来。一个人都没来，只有越来越多的警察、摄影师和新闻记者。等我看了男管家带回的沃尔夫山姆的回信，我顿时藐视一切，我要和盖茨比团结一致，横眉冷对他们所有人。

亲爱的卡洛维先生：

这个消息让我惊愕万分，我简直无法相信这是真的。那个人疯狂的所作所为值得我们深思。我现在无法前去，因为我有特别重要的事情需要处理，不能和这件事有牵扯。如若事后有需要我帮忙的地方，请让埃德加送信通知我。听到这种事发生，我简直晕头转向，不知身在何处，难掩悲伤之情。

您真诚的朋友

迈耶·沃尔夫山姆

接着下面又草率地补充了一句：

请通知我丧礼安排。我压根不认识他的家人。

那天下午有一个从芝加哥打来的长途电话，我原本以为是黛西终于打来电话了，但接通后，传来一个很轻也很遥远的男人声音。

“我是斯莱格尔……”

“有什么事？”这个名字听上去很陌生。

“坏事，对吧？收到我的电报了吗？”

“没收到任何电报。”

“小帕克出事了，”他马上说，“他在柜台上递交证券的时候被逮了个正着。就在五分钟之前，那些家伙从纽约得到了股票的号码。你想得到吗？谁能料到乡下这种地方……”

“喂！”我呼吸有些急促地把他的话打断，“听我说——我不是盖茨比先生。他死了。”

电话的另一端随即惊叫一声，接着沉默了许久……最后电话咔嗒一声就挂断了。

大概是盖茨比去世的第三天，一封署名为亨利·C·盖兹的电报从明尼苏达州的一个小镇发过来。电报上他只说立即动身前来，要求把葬礼推迟，等他到了再举行。

那是盖茨比的父亲，一个表情严肃的老人，看上去很无助，也很沮丧。尽管现在还是暖和的九月，他已经裹了一件廉价的阿尔斯特长外套。他不时地流露出惊奇的神色，我把他手里的旅行包和雨伞接过来时，他就一个劲地捋着他那稀疏的灰白胡子，以至于我无法帮他脱掉外套。他人快要垮掉了，所以我一边扶着他到了音乐室，让他坐下，一边打发用人做点儿吃的。不过他什么也不吃，他的手哆哆嗦嗦，把杯里的牛奶都洒了出来。

“我是从芝加哥的报纸上知道这件事的，”他说，“芝加哥的报纸全都刊登着这件事，我一知道立马就出发了。”

“我没办法联系到您。”

他时时刻刻都在扫视着这个房间，却似乎什么也没看到。

“是个疯子干的，”他说，“那人肯定是疯了。”

“您要喝杯咖啡吗？”我劝道。

“我什么也不需要。我没事了，您是……”

“卡洛维。”

“哦，我现在没事了。他们把杰米放在哪里了？”

我带他到了客厅里他儿子停放的地方，留下他一个人。

有几个小男孩爬上了台阶，向门厅里来回张望，当我告诉他们来的是谁后，他们才勉强离去了。

过了一会儿，盖兹先生开门走了出来，他微微张着嘴巴，脸色微微泛红，眼泪断断续续地流下来。他这个年纪已经不会对死亡感到惊恐万分了，此时他第一次环顾四周，看到门厅那么金碧辉煌，房间一间连着另一间，延绵不断，他的悲伤中又混杂了些惊讶和骄傲。我搀扶着他去了楼上一间卧室。当他脱下外套和马甲的时候，我告诉他所有安排都推后了，等他来了决定。

“我不知道您准备如何处理，盖茨比先生……”

“我姓盖兹。”

“盖兹先生，我想您可能准备把尸体运到西部。”

他摇头否定了。

“杰米一直都更喜欢东部。他也是在东部飞黄腾达的。你是我孩子的朋友吗，先生？”

“我们是关系密切的好朋友。”

“他还有大好的前程，你知道的。虽然他还年轻，但是他的脑子很好使。”

他边说边摸着自己的脑袋，令人印象深刻，我也点了点头表示赞同。

“假如他能活下去，他会成为一个伟大的人，就像詹姆斯·杰罗姆·希尔那样的人物，他会为建设国家伸出援助之手。”

“确实是。”我局促不安地说。

他笨拙地拉扯着绣花床罩，想把它从床上掀起来，随后就僵硬地躺下——马上就睡着了。

那晚有个很忐忑不安的人打来电话，非得知道我的名字后才愿意报上自己的名字。

“我叫卡洛维。”我说。

“噢！”他听上去像是松了口气，“我是克利普斯普林格。”

我也感到很宽慰，因为这意味着盖茨比的墓前可能又多了一个朋友。我不想把讣告登在报纸上，招来一群看热闹的人，于是我就亲自打电话通知了几个人。他们可真不容易找到。

“明天举行葬礼，”我说，“下午三点，就在这里。我希望你转告其他有意向参加的人。”

“哦，我会的，”他急忙说，“当然我是不大可能见到什么人，但如果我碰到的话，我会通知的。”

他的语气让我很是怀疑。

“你自己肯定是要来的。”

“哦，我会尽力去的。我打电话是想……”

“等一下，”我把他的话打断了，“就说你一定会来，可以吗？”

“呃，实际上……事实是这样的，我现在和朋友在格林尼治，他们很希望明天我能和他们一起去玩。其实，明天是要去野餐什么的。当然，我会尽我最大的努力争取去的。”

我忍不住叫了一声“哈”，他必然听到了，因为他接下来说得很紧张：

“我打电话来是因为我有一双鞋落在那里了。不知能否麻烦你让管家寄给我，那是双网球鞋，离开它我简直不知道该怎么办。我的地址是B·F……”

还没等他把那个名字说完，我就挂断了电话。

从那以后，我对盖茨比感到羞愧——我给一位绅士打过去电话，那位绅士却暗示盖茨比是死有余辜。其实这是我的疏忽，因为当初有些人，喝足了盖茨比的酒，便对他嘲讽咒骂，而他就是其中之一，我原本就不该给他打电话。

举行葬礼的那天清晨，我去纽约找迈耶·沃尔夫山姆，因为我似乎用什么办法都联系不上他。在开电梯的工人的指引下，我推开了一扇写着“卍控股公司”的门。最初里面好像没有人在，不过我大声喊了几次“喂”之后，从一扇隔板后面传出了争论声，然后里屋的门口便出现了一个漂亮的犹太女人，她那双黑眼睛充满敌意地打量着我。

“里面没人，”她说，“沃尔夫山姆先生去芝加哥了。”

前一句明显是在骗人，因为里屋已经有人不成调地用口哨吹起了《玫瑰经》。

“请转告他卡洛维先生要见他。”

“我又没法把他从芝加哥叫回来，对吧？”

就在这时，从门的那边传来一声大喊：“斯特拉！”毋庸置疑，那是沃尔夫山姆的声音。

“在桌上留下你的名字，”她匆忙地说，“等他回来后我就转告他。”

“但我知道他就在里面。”

她朝着我的方向跨了一步，两只手放在臀部，气冲冲地上下移动着。

“你们这些自以为随时都能闯进来的年轻人，”她训斥道，“我们都烦透了。我说他在芝加哥，他就在芝加哥。”

然后我提及了盖茨比的名字。

“哦……啊！”她又从头到尾打量了我一番，“请您稍……您贵姓？”

她立马就消失了。片刻后，迈耶·沃尔夫山姆就一脸庄严地在门口站着，朝我伸出了两只手。他一边拉我走进他的办公室，一边虔诚地说现在大家都非常悲伤，顺便递给我一支雪茄。

“我还记得初次与他见面的场景，”他说，“那时他是一名刚刚离开军队的年轻少校，胸前满是在战场上赢得的勋章。他那时穷得连平常穿的衣服都买不起，整天穿着军装。我第一次见他，是在他去四十三号街怀恩勃兰纳开的弹子房找活干的时候。他那时已经两天没有进食了。‘我带你去吃午饭吧。’我说。不到半个小时，他就吃了四美元多的饭菜。”

“他是在你的帮助下做起来生意的吗？”我问。

“帮他！是我造就了他。”

“哦。”

“是我把他这个身无分文的人从贫民窟拯救出来的。我一眼就看出他是个仪表堂堂、文质彬彬的年轻人，他告诉我他读过‘扭津’大学后，我就知道他可以大派用场。我让他加入了美国退伍军火协会，后来他在那威信很高。不久后，他就去奥尔巴尼给我的顾客办了件事。我们俩无论在什么事情上都像这样亲密无间，”他把两个肥胖的指头举起来，“永远不分开。”

我纳闷他们在 1919 年世界棒球联赛那笔交易中是否也有这种合作关系。

“现在他去世了，”片刻后我才说，“你是他生前关系最密切的朋友，所以我知道你今天下午肯定会去参加他的葬礼的。”

“我很想去。”

“那么，去就是了。”

他泪水盈眶，轻轻摇了摇头，随之抖了抖鼻毛。

“我去不了……我不能牵扯进去。”他说。

“没有什么可牵连的。现在事情已经结束了。”

“但凡有人被杀害，我都不想有任何的牵连。我要置身事外。我年轻时可不这样——如果我的一个朋友去世了，无论是怎么死的，我都会出力到底。你可能觉得这是感情用事，但我是说真的——拼到底。”

我看出来他有自己的理由，下定决心不会去了，所以我站起身。

“你上过大学吧？”他突然这么问。

有那么一刹那，我以为他准备和我建立什么“关系”，不过他只是点点头，和我握了握手。

“我们都应该明白，在朋友活着的时候才有交情可讲，死了就没有了，”他建议道，“我个人的原则是，人去世后，我是不管闲事的。”

我从他办公室出来时，天色已黑，我顶着毛毛细雨回到了西半岛。我换了身衣服后走到隔壁，看到盖兹先生正在门厅里兴奋地来回走动。他对他儿子和他儿子的财富越来越感到自豪，现在他要给我看一样东西。

“这是杰米寄给我的照片。”他颤颤巍巍把钱包掏了出来，“你看。”

那是现在这座房子的照片，四个角都磨破了，估计被许多只手摸脏了。他急切地给我指出每一个细节。“你瞧！”说完便看我的眼神中是否流露出赞赏之情。他给那么多的人看过这张照片，我觉得在他看来，照片可能比房子本身真实得多。

“这是杰米寄给我的，我觉得这张照片很漂亮，拍得特别好。”

“非常好。您最近见过他吗？”

“两年前，他回家探望过我，为我买下了现在我居住的房子。当然，他当初离家出走的时候，我们关系破裂了，不过现在我明白他那么做是有原因的。他知道自己大有前途，他发达后对我也很大方。”

他好像舍不得把照片收起来，又恋恋不舍地在我眼前晃了一会儿。接着他放回钱包，又从口袋里掏出了一本破破烂烂的书，书名是《霍普雷·卡西迪》。

“你看，这是他小时候看的书。从小时候就能看出来他有出息。”

他把书翻到最后，转过来让我看，最后一页的空白处上写着“作息计划表”几个字和“1906年9月12日”的日期。下边是：

起床	6:00
哑铃体操和爬墙练习	6:15 — 6:30
学习电学等	7:15 — 8:15
工作	8:30 — 16:30
棒球及其他运动	16:30 — 17:00
练习演说和言行举止	17:00 — 18:00
研究实用的新发明	19:00 — 21:00

个人决心

不许浪费时间去沙夫特家或（另一个名字，字迹难以辨认）

不许吸烟或嚼烟叶

每隔一天洗一次澡

每周读一本有教育意义的书或杂志

每周储蓄五美元（划去）三美元

对父母更加孝顺

“我是偶然间发现这本书的，”老人说，“他真是从小时候就能看到长大的样子，对吧？”

“确实是。”

“杰米是注定会有一番成就的，他时不时就制定一些类似这样的决心规则。你注意到他是怎么提高自己的修养了吗？他在这方面向来很优秀。有一次他说我吃饭的样子和猪似的，我还揍了他一顿。”

他很不情愿就此把书合上，大声地把每一项都念了一遍，接着就满怀期望地看着我。我想他是很期望我抄下那张表留给自己用。

将近三点的时候，路德教会的那位牧师从弗勒兴赶过来了，我便不由自主地向窗外张望，看是否有别的车会来。盖茨比的父亲也像我一样。时间一分一秒地过去了，用人们都走进门厅里等候，老人忧心忡忡地眨着眼睛，局促不安地说到外面下着的雨。牧师看了好几次时间，我只好把他请到一边，让他再等上半个小时。其实这丝毫不起作用，依旧没一个人来。

五点左右我们三辆车排成一队抵达了墓地，冒着密实的小雨把车停在了大门口——打头阵的是灵车，又黑又湿，看着有点恐怖，后面跟着的是那辆豪华轿车，里面坐着我、盖兹先生和牧师，最后面的是盖茨比的旅行车，里面坐着四五个用人和西半岛的邮差，大家浑身上下都湿透了。当我们经过大门，向墓地走去时，我听到有汽车停下来的声音，接着便是有人踩着积水追赶我们的声音。我扭头一看，原来是那位戴猫头鹰眼镜的男人，三个月前的一个夜晚，就是他在盖茨比的图书馆里边看书边惊叹。

自那之后，我再也没有见过他。我不知道他是如何得知葬礼举行的时间和地点，我甚至不知道他的名字。雨水沿着他的厚镜片往下流淌，他摘下眼镜，擦去雨水，看着用人把那块遮雨的帆布铺在了盖茨比的墓地上。

那一刻我很想回忆一下盖茨比，他却已经永远地离开了。我记得的就是黛西，她既没有发来电报，也没有送上一束鲜花，这时我已经不再愤恨了。我隐约听到了低声祈祷的声音："愿上帝保佑这位雨中的逝者。"之后那个带着猫头鹰眼镜的人庄重地说："阿门！"

我们散乱地在雨中快速跑向车子。戴猫头鹰眼镜的先生和我在墓地门口说了几句话。

“我没能赶去别墅吊唁。”他说。

“其余的人也没去。”

“怎么会！”他十分吃惊，“啊，上帝！他们之前一去就是好几百人。”

他摘下眼镜，从里到外又把镜片擦了一遍。

“真他妈的是个可怜家伙。”他说。

我记得最清晰的景象之一就是我在预科学校读书和后来上大学期间，每年圣诞节返回到西部的场景。那些家不在芝加哥的同学，一般都会在十二月的某天黄昏六点相约在那座古老而幽暗的联邦车站，那些早已沉浸在愉快的节日氛围中的芝加哥本地的朋友们会和他们匆匆告别。我记得那些从东部这所或那所私立女校回来的女学生们穿着的裘皮大衣，她们在严寒的空气中聊得热火朝天，每每看到熟人就把手举过头顶挥手示意，互相比对收到的邀请：“你会去奥德威家吗？赫西家呢？舒尔茨家呢？”我们戴着手套的手里紧攥着长条绿色车票。我还记得站台门口的轨道上停靠着芝加哥—密尔沃基—圣保罗铁路的暗黄色客车，看上去就像圣诞节一样让人心情愉悦。

当我们乘坐的列车奔驰在寒冬的夜晚，实实在在的雪，故乡的雪，从我们两边向远处延伸，迎着车窗反射出闪烁的光芒，威斯康星州的小车站那幽暗的灯火一闪即逝，空气中突然有了一种令人精神振奋的寒气。晚饭过后，我们深深地呼吸着这凛冽的空气，从寒冷的走廊走到自己的座位，在奇妙的一小时之中，我们难以言表地意识到自己与这片土地一脉相连，之后我们就会再次不着痕迹地融入这片土地。

这就是我的中西部——既不是麦田、草原，也不是荒凉的瑞典小镇，而是年轻时令人兴奋的返乡列车，是寒夜中的街灯和雪橇铃，是屋里明亮的灯光把窗边的圣诞冬青花环投射到雪地中的影子。我属于这里，那漫长的冬日使我为人庄重；因为我自幼在卡洛维公馆里长大，难免有些洋洋得意。在我们的城市，住宅世代相传，以姓氏命名。我此时才明白，归根结底这是一个西部的故事——汤姆、盖茨比、黛西、我和乔丹，全是西部人，也许我们身上都有某些共同的不足之处，导致我们无形之中无法真正适应东部的生活。

就在东部最令我兴奋不已的时候，甚至也是我最能真切地感知到东部具有明显的优越性的时候：俄亥俄河对岸的西部城镇是那么枯燥、凌乱和浮夸；除了老人和儿童外，无人可幸免于那些无休无止的闲言碎语——即使是这个时候，我仍然觉得东部还是有畸形的地方。尤其是西半岛，它总是出现在我那些荒诞的梦境里。在梦中，它就像是埃尔·格列柯画的一幅夜景：在阴沉的天空和黯淡的月光下，匍匐着上百所既传统又怪异的房子。画面里有四个表情严肃、穿着大礼服的男人，他们抬着一副担架走在人行道上，担架上躺着个身穿白色晚礼服的女人，已经喝得烂醉如泥了。她的一只手垂下去，手腕上的珠宝，闪着寒光。那几个人面色沉重地走入一间房——走错了地方。却没人知道她的名字，也无人问津。

自从盖茨比去世，东部就是以这样的形象反复出现在我的脑海中，歪曲到了连我的眼力也无法矫正的程度。因此，当空气中弥漫着枯叶燃烧的蓝烟，寒风吹硬了晾在绳子上的衣服时，我决定要回家了。

我离开之前还有一件事需要处理，那件事说起来有点尴尬，不怎么愉快，也许应该放任不管的。不过我希望把事情处置妥当，而不指望乐于助人又不带感情的大海可以冲走我的烦扰。我去见了乔丹·贝克，和她把我们之间的事情以及我之后的遭遇说了一遍，她躺在一张大椅子里，一动不动地听着。

她穿着高尔夫球服，我依然记得自己当时觉得她看上去就像一幅美丽的插画，她洋洋得意地微微扬起下巴，头发的颜色和秋叶一样，她脸的颜色和放在膝盖上的无指手套的颜色一样，都是浅棕色。待我讲完，她对我说的没作任何评论，只说她和另一个男人订婚了。我怀疑她说的是假话，即使追求她的人不在少数，只要她点头就能结婚，不过我还是装作诧异的样子。一瞬间我在想自己是否正在犯错，接着我快速回想了一番，便起身告别。

“然而是你甩掉的我，”乔丹突然说，“你那天在电话里把我甩了。现在我完全不在乎你了，当时的经历对我来说还真是第一次，我头昏目眩了好一会儿。”

我们握了握手。

“对了，你还记得吗，”她补充道，“咱们关于开车有过一次谈话。”

“啊……不太记得了。”

“你说过一个开车不认真的司机只要不碰上另一个不认真的司机就是安全的吧？瞧吧，我碰上了另一个开车不认真的人了，不是吗？我是觉得自己怎么那么粗心大意看错了人。我原以为你是个相当诚实、坦率的人。我以为那是你暗自骄傲的品质。”

“我已经三十岁了，”我说，“若是再年轻五岁，我说不定会自欺欺人并引以为荣。”

她没再回答。我对她有些气恼，还有几分不舍，而且也特别伤心，只好转身走了。

十月下旬的一个午后，我和汤姆·布坎南碰面了。他走在第五号大街，在我的前面，还是那么警觉和得意忘形，双手轻微伸出去，像是要推开任何阻碍，他的头左摇右晃，配合他那双东张西望的眼睛。我正想放慢脚步以免追上他，他就停下来了，皱着眉头向一家珠宝店的橱窗望去。他一下子就看到了我，便走向我，伸出手来。

“怎么了，尼克？你不和我握手吗？”

“是的。你知道我是怎么看你的。”

“你疯了吧，尼克，”他匆忙说，“疯得不轻。我不知道你究竟怎么了。”

“汤姆，”我质问，“那天下午你怎么和威尔逊说的？”

他无言以对地瞪着我，我知道我果然猜对了威尔逊消失的那几个小时究竟发生了什么。我转头就走，可他追上一步，抓住了我的胳膊。

“我和他实话实说了，”他说，“我们正要出门的时候，他来到我家，我派人告诉他家里没人，他就要强行冲到楼上。如果我不告诉他那辆车是谁的，他疯狂到能把我杀了。在我家的时候，他的手一直握着口袋里的一把左轮手枪……”他突然打住了，以挑衅的口气说：“我告诉他了又怎么样？盖茨比就是该死。你被他迷惑了，黛西也是。但他是个残酷无情的家伙。他撞死梅特尔就像撞死了一条狗，连车都不肯停下来。”

我无话可说，除了那个无法说出口的事实：事实不是这样子的。

“你认为我就一点都不痛苦吗——告诉你，我去把那套公寓退掉时，看到了橱柜里摆着的倒霉狗饼干，我坐在那里哭得像个小孩子。天哪，真是糟糕透了……”

我无法原谅他，更不可能喜欢他，不过看得出，他认为自己做的事情完全是理所当然的。这一切都是不负责任、杂乱无章的。汤姆和黛西就是不负责任的人——他们砸碎了东西，毁了别人，就缩回到金钱、更严重的冷酷无情或者任何能让他们生活在一起的东西中，把烂摊子留给别人去收拾……

我最终还是和他握了手，要不然也显得可笑，因为我猛地觉得和我说话的对象是个小孩子。接着他去珠宝店买珍珠项链——也可能只是两个纽扣——从此摆脱我这个乡巴佬对他吹毛求疵的指责。

我离开时，盖茨比的房子依旧空着——他的草坪长得和我的草坪一样高了。镇上的一个出租车司机每次经过大门口总会把车停一下，给乘车的客人指指点点。没准出事那天夜里送黛西和盖茨比去东半岛的就是他，也可能是他自己独具一格地编了一个故事。我不想听到，所以下火车时我都避着他。

每个星期六的夜晚，我都在纽约过夜，因为盖茨比曾举办的那些灯光璀璨、耀眼夺目的宴会依旧记忆鲜明，我听得到从花园里传来的音乐声和欢笑声，微弱却不停歇，还有在他的车道上来来往往的汽车。有天晚上的确有辆汽车开了过去，车灯照着门口的台阶，但我没有前去问个清楚。可能是最后的一位客人吧，从天南地北刚刚归来，不知道盖茨比的宴会早已人去楼空了。

出发前的那个夜晚，我已经收拾好行李箱，杂货店老板买走了我的车，我走过去最后再看一眼那象征着失败的宏伟庞大而杂乱荒芜的房子。白色的大理石台阶上用砖头涂了个粗俗的字眼，不知是谁家的小男孩干的，在月光的照映下，分外显眼，于是我把它擦掉了，鞋底在石头上磨得吱吱作响。之后我就散步到了海边，四肢伸展开来，躺在沙滩上。

海边的公馆现在大多已经关闭了。四面八方没什么灯火，只有一艘穿过海湾的渡船发出了微弱的光芒，随船飘动。明月越升越高，那些微不足道的房屋渐渐隐退，这时我才逐渐意识到这个古岛在荷兰水手眼里曾是多么大放异彩——新世界清新碧绿的中心。那些消失了的树木，为盖茨比的豪宅让路而被砍伐掉的树木，已经低声迎合了人类最后和最大的梦想。最初看到这片大陆瞬时心醉神迷的人类一定屏气凝神，情不自禁地沉浸在一种他们既不理解也不渴求的美学观赏中，这也是人类史上最后一次与人类想象力和惊叹力相衬的奇景。

当我坐在沙滩上念念不忘那个古老而未知的世界时，我遐想着盖茨比初次认出黛西家码头尽头的那盏绿灯时的惊喜之情。他来到这片蓝色的港湾前走过了漫漫长路，他以为梦想近得伸手就可触到。但他没想到的是，那个梦早已离他远去，沉在了城市中一片广阔无垠的荒芜之中，沉在了美国黑暗夜幕下延绵不绝的田野上。

盖茨比信奉的那盏绿灯，就是年复一年与我们渐行渐远的理想未来。它躲过了我们，但是不要紧——明天我们会跑得更快，胳膊伸得更远……我们总会迎来美好的清晨……

于是我们奋力前行，逆流而行，注定会被不停地推回到过去。

The Great Gatsby
了不起的盖茨比

图书在版编目（CIP）数据

了不起的盖茨比 /（美）弗朗西斯·斯科特·菲茨杰拉德著 ;
振宇英语图书中心译 . -- 北京 : 北京时代华文书局, 2018.2
ISBN 978-7-5699-2163-2

Ⅰ. ①了… Ⅱ. ①弗… ②振… Ⅲ. ①长篇小说－美国－
现代 Ⅳ. ① I712.45

中国版本图书馆 CIP 数据核字 (2018) 第 001024 号

了不起的盖茨比

Liaobuqi De Gaicibi

著　　者 | [美] 弗朗西斯·斯科特·菲茨杰拉德
译　　者 | 振宇英语图书中心

出 版 人 | 王训海
选题策划 | 余　玲
责任编辑 | 周海燕　黄思远
装帧设计 | 黄　海
责任印制 | 刘　银

出版发行 | 北京时代华文书局 http://www.bjsdsj.com.cn
北京市东城区安定门外大街 138 号皇城国际大厦 A 座 8 楼
邮编：100011　　电话：010-64267955　64267677
印　　刷 | 三河市兴博印务有限公司　0316-5166530
（如发现印装质量问题，请与印刷厂联系调换）
开　　本 | 880mm×1230mm　1/32　　印　　张 | 7.5　彩插 16 面　　字　　数 | 120 千字
版　　次 | 2018 年 8 月第 1 版　　印　　次 | 2018 年 8 月第 1 次印刷
书　　号 | ISBN 978-7-5699-2163-2
定　　价 | 39.80 元（精）